마음을

열어주는 명상록

마음을 열어주는 명상록

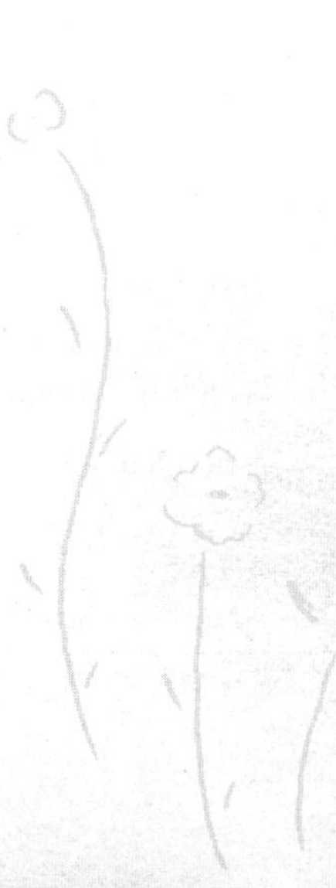

다르마(삶의 법칙)를 연구하는

서양의 학자들에게 이 글을 바칩니다

타르탕 툴구(Tarthang Tulku), 그는 현존하는 티벳의 훌륭한 영적인 스승이자 전생을 기억하는 린포체(Rinpoche)《환생자(還生者), 태어나면서 전생의 기억을 가진 사람》이다. 다시 말해서 그는 삶의 목표를 분명히 가지고 환생한 영적인 지도자라고 보면 된다. 그의 가르침은 동양보다 서구에 더 많이 알려져 있으며 불교의 핵심적인 진리를 가장 일반화시켜 대중적인 보급에 기여하였다.

그는 티벳의 4대 문파 중 가장 세력이 큰 닝마파의 스승으로 1973년 미국에 <닝마 연구소>(Nyingma Institute)를 설립하여 불교의 현대적인 가르침에 애쓰고 있다. 또한, 그의 가르침과 저술들은 닝마 연구소와 다르마 출판사(Dharma Publishing Co.)를 통하여 많은 이들에게 보급하고 있다.

그는 몸으로 행하는 가장 단순한 수행법인 닝마파의 '쿰니 (Kum nye)'를 대중화시키고 명상과 불교의 진리와 이론을 아주 단순하게 가르치고 있다. (<티벳요가 쿰니> 2003년. 하남출판사 刊)

'마음을 열어주는 명상록(원제 : Openness Mind)'이라고 이름을 붙인 이 책은 인간이 살아나가는데 필요한 가장 기본적인 가르침인 '마음의 법칙'과 '삶의 법칙'을 티벳의 어느 스승들 보다 더 단순하고 명료하게 접근하고 있다.

이 책에서도 역시 인간의 마음이 어떻게 열리어가고 진리에 도달하는지를 설명한다. 또한 붓다가 가르쳤던 인간의 고통으로 부터 자유로워질 수 있는 방법을 명확히 제시하고 있다.

삶과 관련한 명상을 쉽게 접근하여 가르치고 전달하는 것이 그의 장점이다. 그는 가능한 모든 저서나 가르침에서 불교의 용어를 쓰지 않는다. 원래 불교가 종교의 범주를 넘어선 것처럼 그의 가르침은 이러한 면이 매력적이다.

그는 불교의 핵심적인 이론을 명료하게 나누어 근본불교와 대승불교 그리고 그것을 잘 융합시킨 바즈라야나(Vajrayana), 즉 티벳 불교를 삶에 대입시켜 단순하게 정립하였다.

티벳 불교가 가장 문명화된 서양세계에 적용될 수 있었던 것은 바로 어려운 불교의 진리를 단계적으로 가장 낮은 수준에서 높은 수준까지 쉽게 접근할 수 있도록 하였기 때문이디. 그의 수많은 가르침과 저술들은 한결같이 단순하지만 정신적인 스승으로서의 면모가 깊이 스며들어 있다.

나는 티벳의 여러 스승들과 인연이 있어 아마 이 책도 번역하게 된 동기가 아닐까 생각한다. 이러한 책들이 한국에 소개된 것을 기쁘게 생각하며 하남출판사와 그의 닝마 연구소와의 좀 더 친밀한 관계를 통하여 한국에 그의 사상과 가르침이 널리 펼쳐지기를 바란다.

이 책을 펴내 주신 하남출판사 배기순 사장님과 편집인들 그리고 번역에 많은 도움을 주신 이정희님께 감사 드린다.

심백(心伯) 박지명

불교에 관한 많은 책들은, 대부분 그 의미에 대하여 진술한다. 예를 들어, 어떤 것을 이해하고 깨닫기 위해 첫 번째 해야할 일은 그것을 알아야 하고, 그 다음엔 그것이 생활화되어야 한다. 그렇게 생활화된 지식은 끊임없는 창조적 과정을 통하여 여러 분야로 전달된다.

이 책 '마음을 열어주는 명상록'은 불교가 말하려는 것에 입각하여 쓰여진 책이다. 도입부부터 이 책은 배움의 중요성에 대하여 강조한다. 그것은 많은 정보의 축적을 의미하는 것이 아니라, 그것을 이해하기 위한 노력이다. 그러나 만일 우리가 추상적인 정보에서부터 근원적인 것에까지 제대로 답변하지 못한다면, 어떻게 그것을 이해한다고 할 수 있겠는가?

올바른 이해의 원천은 바로 경험이다. 그 경험은 일반적으로 예측이 가능하고 측정할 수 있으며 간단하고, 고립적이며, 맥빠진 생각에서 벗어난 삶의 형태를 의미한다. 그러한 경험을 위해서는 삶이 요구하는 또 다른 생각의 방향이 성립되어야 한다. 현 시점에서 '명상'은 경험을 위한 가장 적절한 방법이며, 가능성의 여지가 많은 수단이다.

명상은 때론, 과도하게 남용되기도 하며, 너무나 환상적인 후광을 가진 모호한 언어로 인기를 얻고 있기도 하다. 그러나 그러한 통념과는 달리, 명상은 우리가 자연에 대한 통찰력을 얻기 위해 어떠한 사물이나 상황이 요하는 고도의 집중력을 훈련시기는 방식이다.

우리가 존재하는 것은, 어떠한 한정된 곳에 고립된 존재가 지니고 있는 감정이나, 상호간에 교류가 일어나지 않도록 규정된 것이 아니라, 전체적으로 펼쳐진 변화하는 상황 속에 있는 것이다. 다시 말하면, 사물이나 상황에 대한 고도의 집중을 통하여, 우리는 판단력을 익히고 매 상황의 가능성을 인식할 수 있다.

이러한 자각을 바탕으로 우리는 삶이라는 복잡 미묘한 상황의 구조를 이해하게 되고 적절한 행동양식을 습득하게 된다. 이러한 감각 안에서의 명상은, 어떠한 상황에서도 우리 자신을 찾을 수 있는 매우 구체적이며, 실천적인 방법인 것이다. 그것은 어떤 것을 초월한 추상적인 방법이 아니며, 삶이라는 강물의 자유로운 흐름을 긍정적인 방향으로 유도할 수 있는 탁월한 실천방법이다.

불교에서 명상은 생각으로부터 떠나는 것이 아니라, 현실을 명확하게 파악하게 하고, 일상 속에서 이러한 생각들을 지혜롭게 적용하고 인식하게 한다. 그것이 이 책의 주된 목적이다.

이 책에서 지적하는 내용들은 인간의 풍부하고 난해한 본성을 나타낸 것으로, 불교에서 말하는 내용을 이끌어 낼 줄 아는 사람들은 이 책이 그 다음 장으로 계속 넘어감에 따라, 자세한 안내를 받게 될 것이다.

이 책은 인간의 감정에 관한 매우 전통있는 심리적 안내서이다. 인간은 발전할 수 있으며 그 발전은 끝없이 넓게 펼쳐진 수평선처럼 아득한 과정이다. 또한, 우리가 산꼭대기를 오르기 위해 한 발짝 한 발짝 올라가며 동시에 호흡을 같이 할 때, 그 움직임을 지켜보는 것과 같다.

이러한 내용의 안내서는 티벳어로 '삶의 과정' 이라는 뜻의 람림(ram rim)이 있으며, 그 주제에 관한 방대한 문헌들이 보존되어 있다.

일찍이 위대한 스승인 파드마삼바바(Padmasa mbaba)《티벳의 가장 위대한 영적인 스승》에 의해 이루어졌으며, 그의 실제적인 업적은 신화와 전설로 가려져 있는데, 불교사상의 주술적인 부분에서 실제적인 영향을 주는 것으로 입증되고 있다.

그의 뛰어난 업적은 닝마(Nyingma)파의 전통에서 전수되어 발전되었다. 그와 동일한 방식을 고수하는 다른 학파의 사상도 빛나는 산물이다. 이것은 경전의 원문에서 인용한 판에 박은 내용이 아닌, 생생한 경험을 통한 결과이다. 눈치가 빠른 면밀한 독자라면 이미 이 책의 저자가 닝마파《티벳의 4개의 문파인 <닝마(Nyingma)> <겔룩(Geluk)> <가큐(Gakyu)> <사캬(Sakya)>파 중에서 가장 세력이 크고 가장 많이 서구에 알려진 파》의 학자라는 것을 파악했을 것이다.

　이 책은 당신에게 삶의 의미를 파헤쳐 질문을 던질 것이며, 그러한 질문은 삶의 방향을 제시한다. 우리 자신이 발전하기 위해서는, 우리의 마음을 끊임없이 창조적으로 개발하는 것에 두전해야하며 명제, 그 자체만을 지적하는 것은 매우 불필요한 일이다. '마음을 열어주는 명상록'은 그러한 방향 속에서 창조적인 방법을 제시한다.

허버트 군터(Herbert V.Guenther)
사스카체완 대학교수

이 책을 쓰면서, 나는 칠 년 동안 닝마파에서 받았던 명상수업과 세미나들이 떠올랐다. 그 동안의 과정은, 치료를 위한 새로운 연구를 시도하는데 있어 전문적인 지식을 얻게 하였고, 정신적인 성장과 더불어 진실로 영적인 이해의 영역을 넓히는 데 많은 도움이 되었다.

명상은 일반적으로 다양한 관심을 갖게 하는 분야이다. 그것은 방대하고 복잡한 주제이며, 마음을 이해하기 위한 발전된 방식이자, 우리에게 전체적인 경험을 하게 한다. 명상을 하는 것은 삶에서 물러나려는 것이 아니라, 삶을 확장시키려는 것이다. 명상을 통하여 우리가 어디에 있건, 무엇을 하건, 우리의 삶은 풍부해진다.

이러한 개념은 닝마의 가르침에서 바탕이 되는데, 내면적인 힘을 얻고 독립적인 삶을 설계하게 한다. 'Gesture of Balance(가제 : 몸과 마음의 균형, 하남출판사 근간 예정)'의 독자들은 이 책의 주제에 대해서 쉽게 인지할 수 있을 것이다. 책의 시작 부분에서는 명상의 다양한 관점들에 대하여 서술하게 되는데, 책의 제목이 제시하는 것처럼 '마음을 열어주는 명상록'은 우리를 마음의 본성으로 더욱 깊게 유도하게 한다.

우리의 삶을 조화롭고 건강하게 만들기 위해서는 '우리의 마음을 어떻게 이용해야 할 것인가'에 관한 가르침이 가장 중요하다. 오늘날 우리는 건강과 마음의 상태에 있어서 환경의 영향이 매우 강조되며, 중요하게 다루어지고 있다. 그러나 이러한 환경 속에서 우리의 마음의 상태가 미치는 영향에 대해서는 이해하지 못하고 있다.

우리가 마음의 근본을 이해할 때, 비로소 우리는 우리가 행하는 모든 것을 안정감과 확고함을 가지고 삶의 문제에 접근할 수 있는 것이다. 그러므로, 우리는 세상과 유연하고 여유로운 상호 관계를 맺게 된다.

명상에 의해 마음을 고요하고 조화롭게 할 수 있다. 이러한 고요함은 풍요로움이며, 잠재력이며, 지혜의 원천으로, 그것은 우리의 삶에 무한한 만족을 주며, 진정한 의미를 갖게 한다.

우리는 마음을 치유하며 한 발 더 내딛을 수 있다. 마음이 강박관념으로부터 얽매여 약한 상태에 있더라도, 우리는 그것으로 부터 자유로워질 수 있다.

마음으로부터 우리는 뚜렷한 목적과 능력을 얻을 수 있고, 그것으로 삶의 의미를 깨닫게 된다. 또한 우리가 실천하는 명상의 과정을 통하여 고질적인 문제들을 해결하기 위한 실질적인 영향력을 발휘하게 된다.

명상은 친한 친구가 될 수도 있고 유용한 도구가 될 수도 있다. 그것은 우리의 경험을 풍부하게 하며, 우리의 내적인 부분과 외적인 부분의 조화를 갖게 한다. 또한, 이로써 우리는 자신에 대한 확신과 마음의 근본적인 자유를 배운다.

티벳 불교의 닝마 전통은 이러한 명상의 접근을 강조하며, 세계를 향해 열려 있다. 티벳 불교는, 개인적인 수행과 노력, 책임감을 강조하는 닝마 전통의 기법인 히나야나(Hinayana)《근본불교(根本佛敎), 소승불교(小乘佛敎)》, 자비심과 관대함을 중시하는 마하야나(Mahayana)《대승불교(大乘佛敎)》, 그리고 긍정과 부정 모두를 넘어서는 바즈라야나(Vajrayana)《대승불교이면서 탄트라(Tantra) 불교이며 티벳 불교, 즉 밀교(密敎)라고도 불린다)》 이것들을 유일하게 통합한 것으로, 우리가 하는 모든 것이 삶의 조화와 유익함을 창조하도록 한다. 바즈라야나는 특히, 근심거리와 세상의 걱정거리 속에 휘말려드는 서양사람들에게 적당한 듯하다.

나는 이 책이 홀로 성장의 길을 가며 자아를 찾으려는 사람들과 번민의 시대를 살아가는 현대인들에게 도움이 될 수 있기를 바란다. 이것은 닝마파의 가르침에서 나온 완벽한 소산물과는 거리가 있지만, 나는 그들의 개방된 관점과 가르침의 여러 측면들을 전달하려고 한다. 마음은 모든 우주의 공간만큼 광대하며, 그것을 이해하기 위한 접근 역시 그 만큼 방대하다.

　이 책은 독자들로 하여금 더욱 풍부한 삶을 사는데 도움을 주려는 목적으로 쓰여졌으며, 인류의 평화를 위해 유익한 방향으로 삶을 이끄는 이들에게 이 글을 바친다.

타르탕 툴구

차례

제2장 명상을 통한 내면의 접근

제3장 실재와 환상

제1장 마음열기

경험을 통해 배운다

명상은 정확한 시간과 지정된 공간에서 은밀하게 실천하는 것이 아니라, 우리의 삶에서 풍부한 경험을 갖게 하여 마음을 열어주는 것이다. 우리는 한적한 시골이나, 소음이 많은 도시에서 살고 있으며, 이러한 환경 속에서의 명상은 실제적인 삶의 방법이 된다. 또한 명상을 통하여, 우리는 우리가 경험하는 모든 것들로부터 배우고 터득하게 된다.

그러나 이처럼 명상으로 모든 것을 터득하기란 말처럼 쉬운 것이 아니다. 그 이유는 우리가 행하는 모든 것들을 마음에 담아두기 때문이다.

아침에 잠자리에서 일어나는 아주 단순한 일부터 밤에 잠들 때까지, 우리가 하는 모든 것은 명상에 포함된다. 우리는 삶에서 아주 세부적인 일까지도 마음에 담아두며, 그 각각의 경험이 갖는 그 미묘한 차이에 대한 감정을 드러내는 것을 배운다. 이를테면 우리가 어떻게 걷고, 다른 사람들과 어떻게 이야기를 나누는지에 관한 것들이다.

이러한 방법으로, 우리는 경험의 진실을 드러내는 것을 배운다. 어떻게 살고, 무슨 일이 일어나며, 경험한 것으로 어떻게 영향을 받느냐 하는 것 – 이것은 실제적인 삶이며 영적인 자각의 원천이다.

우리는 삶의 모든 관점, 즉 일, 관계, 능력에서도 이러한 자각 능력을 발전시킬 수 있다. 이러한 것들은 모든 일에 있어서 성장할 수 있다는 가능성을 인식할 때, 비로소 마음이 열리고 배우려는 의지가 생긴다.

우리가 경험을 통해 배움으로서 삶에 대한 적응력이 증가하고, 감각들을 자유자제로 운용하게되며, 우리의 마음은 더욱 명료해지고, 지각력 또한 더욱 예리해진다. 그러므로 인식능력과 집중력, 성실함, 배려, 관대함 등이 발전하는 것은 우리 자신이 영적으로 성장하는 것뿐만 아니라, 자신과 주변을 이롭게 하는 것이다.

인식이 발전하게 되면서, 전체적인 관계의 틀이 서서히 전환되어간다. 우리는 생각하는 것과 행동하는 것의 연관성을 알게되고, 다른 사람들과 소통하는 것에 대한 판단력이 뚜렷해진다.

우리의 관찰력은 더욱 깊은 차원을 꿰뚫어, 느낌들이 어떻게 생겨나는지, 생각의 기능이 어떻게 변화되는지를 발견하게 한다. 의식이 더욱 심층적으로 접근하게되면, 과거와 현재 그리고 미래의 연결관계들은 자세히 파악할 수 있게 된다. 그리고 우리가 행동하는 양상들을 알게되므로써 삶에 대한 만족감과 성취감을 갖게 한다. 그러나 처음부터 우리의 시야가 한정되면, 그 성취도는 떨어지게 된다.

우리는 보통 사회가 이끄는 방향대로 살아가기 쉽다. 창조적인 삶을 만들라. 행동의 결과가 그 당시에는 좋게 보였더라도, 시간이 지날수록 그 역량은 점점 쇠퇴해간다.

우리는 언제나 상반되는 상황을 염두에 두고, 더욱 구체적인 행동을 하기 위한 시야를 열어야 한다. 그리고 인내심은 어떠한 일을 할 때, 새로운 시야를 형성하는 데에 도움이 된다.

인내심은 우리가 행동의 결단을 못 내리고 절망하는 것을 바로 잡아주므로써 우리를 보호하는 보이지 않는 힘이다. 우리의 인내심이 지속적으로 발전할 때, 그것은 각각의 새로운 상황을 자연스럽고 적절하게 이끌어내며, 가장 어려운 시기가 닥쳐도 우리를 강하게 만든다.

인내심이 강하게 발전되면, 우리의 가장 부정적인 요소들은 안에서부터 자각되어 일어나는데, 그러한 자각으로부터 명상은 시작된다. 발생하는 모든 것들은 자각의 한 형태로서 그 자체가 에너지의 징후라는 것을 알게되며, 우리가 하루 24시간 동안 경험하는 모든 것을 자각한다는 것은, 본성을 깨닫는 한 부분인 것이다.

이러한 자각은 경험속으로 파고들어 언제나 도달할 수 있는 사람에게는 쉽게 찾아온다. 경험은 일반적으로 생각하고 아는 것 그리고 존재하는 것 보다 훨씬 앞서서 우리를 간파할 수 있으며, 우리를 깨닫게 한다.

우리가 진정으로 자각의 상태에 도달하는 것은, 진흙 속에서 자라난 순수하고 아름다운 연꽃과도 같다. 자각한다는 것은, 세상의 한 복판에서 자기 자신의 역할을 충분히 할 수 있다는 것이다. 긍정적인 태도는 자신과 타인들 모두에게 이로운 것이며 그것은 이미 경험한 진실을 나타내는 것이다.

삼사라(Sansara) 《윤회(輪回), 삶과 죽음의 반복》 는 독이 든 과일과 같다. 우리는 그것을 먹고 즐거워하지만, 만일 그 독을 해독

하지 못한다면, 결국에는 죽게될 것이다. 윤회하는 삼사라(Sa-msara)의 단계에서는 궁극적인 자유와 만족 또는 자신의 열망을 진정으로 충족시킬 수 없다. 그러나 각성된 관점에 입각했을 때, 그 독은 전혀 해롭지 않은 것이 되는데, 그것은 해탈인 니르바나(Nirvana)《삼사라를 벗어난 자유, 해탈》가 삼사라 안에 있으며, 그 둘은 같은 것이기 때문이다. 그러나 이것은 우리의 장애를 어떻게 극복하고 감정을 어떻게 전환하는지에 대한 지식 없이 이해하기란 매우 어렵다.

우리가 이러한 것을 이해할 때, 모든 것들은 우리를 도울 것이지만 우리의 행동들이 대부분 만족스러워 보인다해도, 더 많은 요구와 방해 요소들은 작용할 것이다.

학 생 : 스승님께서는 우리가 어떤 경험이라도 피하지 말아야 한다고 하셨습니다.

린포체 : 우리는 더욱 자각하고, 행동의 중요성을 충분히 인지해야한다. 그러나 첫 번째로 우리는 삼사라가 어떻게 작용을 하며, 고통과 절망이 어떻게 형성되는지를 알 필요가 있다. 우리에게는 평화가 없고, 기쁨이 없으며, 삶의 타당성이 전혀 없다. 또한 우리의 경험도 종종 근심거리, 가책, 불안 때문에 망치게 된다는 것을 알게된다.

이 사실을 알았을 때, 우리는 삼사라로부터 자유로움과 깨달음을 얻는 것 이외에 다른 대책이 없다는 것을 알 게 된다. 우리는 무지함으로 돌아갈 수밖에 없다.

학　생 : 저는 여전히 삶 속에서 활동해야만 하며, 우리의 대부분이 세상 속에 존재한다고 생각합니다. 또한, 모든 것으로부터 도망갈 수 없습니다. 서양에서는 법률적으로 그러한 것을 제한하고 있습니다.

린포체 : 우리는 우리의 임무와 행위인 카르마(Karma)《행위》를 위해 책임을 다 해야 하며 우리의 기준으로 볼 때, 그 것이 자유롭던지 의존적이든 간에, 세상에 주어진 일은 당연히 해야하는 것이다.
우리는 부정적인 상황을 전환하는 법을 알아야 한다. 우리가 말하려하는 삼사라는 우리를 훈련하는 장(場) 이다. 그러나, 붓다(Buddha)《부처님, 불(佛), 깨달은 이》는 삼사라에서는 평화를 얻을 수 없다고 가르쳤다.

우리는 고통을 겪고, 늙게되고, 결국에는 죽게 된다. 모든 사람은 이러한 과정을 피할 수가 없으며, 대부분 이러한 진실을 당연하게 받아들인다.
괴로움을 일으키는 것은 그저 덧없는 것이며, 정신적인 열망은 어쩌면 육체적인 병보다도 더욱 고통스럽게 보일 수도 있다. 심지어 아름다운 수도원이나 사원, 그리고 가장 아름다운 인간의 몸 또한 삼사라에 속해 있으며, 삼사라는 그러한 아름다운 것들을 파괴할 것이다.

학　생 : 그러나 어떤 것도 지속되지 않는다 해도, 꽃의 아름다움이나 음식의 맛은 일시적이기 때문에 더욱 중요해 보입니다.

린포체 : 그렇다, 우리 몸은 빌린 집과 같으며, 만일 그것을 사용하지 않으면 아무런 가치가 없는 것이다. 우리는 시간을 버려서는 안되며 우리의 삶을 잘 활용해야 한다. 또한 기쁨을 찾고, 만족을 얻는 데에 그 시간을 써야한다.
우리는 꿀벌처럼 이 꽃에서 저 꽃으로 날아다닐 수 있다. 그런데 그 꽃들이 모두 시들어 버린 꽃들이라면 어떠하겠는가?
사람이 매순간 어떻게 만족할 수 있겠는가? 이러한 진리를 깨닫는다면 우리의 시간은 절대 헛되이 버려지지 않게 된다.

학　생 : 저는 아직도 무지함 또는 삼사라의 삶을 거부합니다.

삶에서 영적인 길을 만들어 다른 사람들을 돕는 보디사트바(Bodhisattva)《보살(菩薩) 세상을 자비로 이끄는 이》를 어떻게 받아들여야 할지 모르겠습니다.

린포체 : 우리는 인내심을 가지고 자아를 뛰어넘어야 할 이론들을 정립해야만 한다. 그러나 자아를 버린다는 것은 너무 어렵다. 몇 분 동안은 그렇게 할 수 있을지 모르지만, 삶 전체에서나 아니면 단 하루 동안이라도 어떻게 자아 없이 자신의 역할을 할 수 있단 말인가!
붓다는 여러 차원의 발전 단계에서 마음을 이해시켰다. 그의 가르침은 한계가 없고 고유한 방식을 갖지만, 여러 가지의 다른 관점들이 있다. 한 가지의 가르침은 각자의 경험과 이해의 정도에 따라 개인별로 전수된다.

학　생 : 주체적인 자아의 관점으로 세상을 바라 볼 때, 제가 제 주변의 상황을 만들었다는 것을 알 수 있습니다.

린포체 : 좋다. 그러나 그대의 상황은 무엇이며, 무엇을 했단 말인가?

학　생 : 제 이상과 행동은 때때로 사랑과 이해의 테두리를 넘어도 옳은 행동을 할 수 있었습니다.

린포체 : 그러나 옳은 행동을 하기 위하여 그대는 매순간을 자
각해야만 한다. 어떻게 하였는가?

학 생 : 저는 언제든지 입니다.

린포체 : 알았다. 그러나 그러한 자각은 위대한 일이다. 자각하
는 사람은 단 한가지 생각만으로 옳은 행동을 할 수
있다. 하지만 대부분의 사람들은 그렇게 할 수 없다.
우리는 하루하루 지혜와 지식 안에서 성장할 것이나,
그 과정은 시간을 다루는 위대한 일이며, 매우 힘든 일
이다. 그것은 다른 모든 것들보다 더욱 중요한 것이 되
어야 한다.

그대의 태도는 매우 긍정적이며, 나는 그것에 대해 낙
담시키고 싶지 않다. 그러나 마하야나(Mahayana)에서
이르기를 깨달음에 이르기에는 33겁(劫), 즉 칼파(Kalpa)
《겁(劫), 어떤 시간의 단위로도 계산할 수 없는 무한히 긴 시간.
인간의 시간으로는 수십만 년으로 계산됨》는 수많은 생애
의 시간이 걸린다고 한다.
우리는 언제나 현명하게 행동하는 것이 중요하다는 것
을 알고 있다. 그러나 우리는 여전히 삼사라에 집착하
고 있다. 그래서 때때로 마음보다 말이 더 앞선다.

마하야나에서는 최고의 소망이 마음에서 깨달음이 일어나는 것이며, 자신도 모르게 그것이 일어난다고 한다. 우리는 처음에 실제로 이러한 소망에 기대하며, 자신을 더욱 고통스럽게 한다. 그러나 고통을 통하여, 우리는 많은 장애를 제거하고 깨우칠 수 있게 된다.

우리가 깨달음을 찾기 시작할 때는, 이러한 소망의 긍정적인 영향이 작용하게 된다. 그러나 우리는 그러한 소망을 가장 효과적으로 이행하기 위하여 정확히 알고 있어야 할 필요가 있다. 우리의 목적은 선한 것이지만 그것을 행하기는 어렵다. 그대에게 있어 음식과 오락과 사랑 때문에 생기는 삼사라의 집착은 무엇인가?

학 생 : 저는 그러한 집착들로부터 분리되기 시작했습니다.

린포체 : 이러한 것들을 거부하는 것인가? 그렇다면 어떻게 분리되었는가?

학 생 : 그것은 태도가…….

린포체 : 그대의 불만족은 진정으로 즐겁지 않은 것을 행하기 때문이다. 불만족은 분리와는 매우 다르다. 우리는 다른 것들과의 관계를 끊기 어렵기 때문에, 불만족스러

운 것을 찾아내는 것을 포기하기 쉽다.

먹고, 자고, 스스로 즐거운 것은 우리에게 매우 중요하다. 만일 우리에게 즐거움이 없어진다면, 무엇이 남겠는가?

세상은 우리와 함께 있다. 그러나 우리는 내일 당장 무슨 일이 벌어질지 모르며, 사실 그것은 늘 변하는 것이다. 우리의 삶은 행복하거나, 즐겁거나, 고통스럽거나, 아니면 근심스럽다. 다시 말해, 우리의 느낌이 지금부터 다음 날까지 한결같을 것이라고는 믿지 않는다. 내일은 아마도 아주 좋을 것이라고 생각하고, 스스로 행복해 할 것이다.

학　생 : 어떤 때는 명상을 하면서 앉아 있는데, 명상이 그다지 중요하지 않다는 생각이 듭니다. 그리고 세상이 더 중요해 보입니다. 그것은 왜입니까?

린포체 : 그대는 자각 속으로 조금씩 다가가고 있는 것이다. 그렇다. 세상은 중요하다. 명상 속으로 자신을 회피하지 말고, 다른 사람들이 있는 밖으로 나와서 용기를 얻어라. 용기를 얻어 세상과 함께 할 때, 우리는 기쁨으로 가득 차게 될 것이다.

학　생 : 제가 무엇을 하든지, 그것은 여전히 삼사라 안에 있습
　　　　니다.

린포체 : 그것이 모든 것일 것이다.

학　생 : 결국, 제가 내가 찾고 있는 그 방법은 무엇입니까? 저
　　　　는 열심히 살고 있고, 또한 제가 한 일들은 최고이지만
　　　　여전히 공허합니다.

린포체 : 그렇다. 근본적으로 모든 것은 공허하다. 그것은 기본
　　　　적인 가르침이다. 그러나 여기에서 부정적인 관점은 필
　　　　요없다. 불교는 부정적인 철학이 아니다.
　　　　불교가 고통에 대해 말한 것은 습관적인 방법들을 다
　　　　루기 위해 훈련하는 것이다. 그러한 가르침은 우리의
　　　　고통을 전체적으로 이해시키고, 그렇게 되면 더 이상
　　　　공허하지 않게 된다.

　　　　우리는 종종 스스로 상황을 명확하게 보려하지 않는데,
　　　　그것은 행동에 대한 책임을 회피하려 하거나 변화를
　　　　두려워하기 때문이다. 그러나 우리의 행복은 늘 위협받
　　　　고 있다. 고통은 삼사라의 상태에서 본성을 명확하게
　　　　깨우칠 수 있는 유일한 방법이다. 만약 우리가 삶 속에
　　　　서 고통의 실체를 인정할 준비가 되면, 그 다음 무엇을

34

하게 되는가가 더욱 중요하다.

학 생 : 저희는 이러한 것을 이해하기에 다소 무리가 있습니다. 한마디로 기본적인 지식이 없는 서양의 학생들입니다. 사회 속에서 융합되기 위해 필요한 관대함을 어떻게 하면 얻을 수 있습니까?

린포체 : 나는 서양사람들이 붓다의 초기 가르침을 즉각적으로 이해 할 수 있다고 생각한다. 그 이유는 현대의 삶은 좌절이 많기 때문이다.

우리는 삶의 경험을 통해 붓다의 가르침을 이해할 수 있다. 붓다 자신도 삶의 자연스러운 과정을 통하여 지혜를 얻었다. 그러나 삶의 경험은 시간이 많이 걸리기 때문에, 우리는 붓다의 가르침으로부터 이로움을 얻으려한다.

그러나 종종 서양 사람들은 불교를 '종교'라고 생각하는데, 종교는 다른 사람이 만들어 놓은 규정을 사전적인 이해 없이 맹목적으로 믿어야 한다. 그러나 불교나 삶의 법칙인 다르마(Dharma) 《진리, 법(法)》, 즉 실제에 대한 정확한 이해이며, 자신의 경험을 통해 입증된다.

학 생 : 저는 종교를 믿는 것이 아니라, 제 자신을 연구하는 것
          으로 생각합니다.

린포체 : 붓다의 삶의 법칙에 대한 방식은 모든 사람에게 적용
          할 수 있다. 삶의 모든 존재는 붓다가 발견한 진리 안
          에서 자신을 위한 경험할 수 있는 기회를 갖는다.

자신에 대한 고정관념

존재의 본성은 자각이다. 자각은 그 무엇도 아닌, 순수한 경험의 상태를 모두 포함하는 것이다. 자각 안에서 우리의 마음은 조화로움, 경쾌함, 자유로움, 유연성을 이루게 된다. 그러나 우리는 이러한 자각 안에서 계속 머무를 수 없는데, 그 즉각적인 성향은 우리가 경험한 것이 무엇인지 알기를 원하기 때문이다.

결론적으로, 자각은 '자신에 대한 고정관념'이 바로 '나'를 뜻하며, 우리의 인식을 주체와 대상으로 분할하는 일반적인 의식에 대해 새로운 방향을 제시한다. 그러나 '나'란 실제로 무엇인가? 마음의 어디에서 그것을 찾을 수 있는가? 우리가 조심스럽게 살펴볼 때, '나'는 마음이 투사(透射)된 단순한 관념이라는 것을 알 수 있다. 그러한 '나'는 명료하지 못한 인식이며, 주체와 대상의 양단을 나누는 것으로서 우리의 경험을 분리한다. 자신의 고정관념에 대한 영향력 하에서 우리는 주체와 대상에 영속적으로 적응하게된다.

우리가 욕심 많고, 자기 중심적이며, 눈치 빠른 존재들과 다르지 않다는 것을 알게되면, 마음은 곧 판단력과 식별능력이 생기는데, 그것은 갈등의 원인이 된다.

자신에 대한 고정관념은 이러한 갈등으로 힘을 얻게되며, 이러한 갈등은 다시 자신에 대한 고정관념으로 치우치게 된다. 그러므로 자신에 대한 고정관념은 그 자체로 영속성을 지니게되며, 경험은 매우 엄격하며 융통성을 잃게 된다. 그러한 장벽을 허물어 우리가 자신을 드러내고 받아들인다면, 우리의 본성은 이제까지 반응했던 범위와 엄격히 한정된 경험들로 흐르는 에너지가 차단될 것이다.

그러한 방해물로부터 생각이 자유로워지면 우리의 균형은 자연스럽게 제 기능을 하게 된다. 우리는 첫 번째로 자신에 대한 평가나 잠재력 등이 최상의 진면목이 아니라는 사실을 알아야 하며, 그러한 고정 관념은 진정한 자신의 존재를 보는 눈을 어둡게 한다. 자신을 보는 유일한 방법은 한 발짝 물러서서 감정이 일어나는 중심에 서 자신의 생각을 심도 있게 관찰하는 것이다.

우리의 생각이 전환되면, 감정의 고통으로부터 분리되는 것이 가능하다. 뒤돌아 서서 그 고통들을 정확하게 바라보라. 이것으로 우리는 자신에 대한 고정관념이 삶의 장애가 되었음을 알 수 있다.

우리가 행복하지 못하다고 생각하는 것 또한 행복을 이룰 수 없다고 미리 판정해버리는 고정관념으로부터 내린 결론이라는 것을 알게 될 것이다. 자신에 대한 고정관념은 그 자체로 헛된 것이며, 세상을 허망한 것으로 만든다.

우리는 여러 고충을 해결하기 위해 모든 부분에서 합리적인 이유를 찾는다. 그러나 진실한 사람은 규정된 것을 따르고 자신의 고정관념과 자신이 무언가 믿는 것에서부터 불행이 온다는 것을 알아내고 이러한 이유들에 의하여 흔들리게 된다. 자신에 대한 고정관념은 우리를 지배하고 억압하므로써 우리의 독자성을 잃게 한다.

우리는 보통 어떠한 곤경에 처했을 때, 그 고통을 멈추게 하기 위해서는 고통스러운 경험들을 계속해서 반복한다. 이것은 진정으로 변화하는 것을 원하지 않는 것이다. 고정관념에 집착하는 힘은 강력하다. 우리는 새로운 대안을 원하지 않는데, 자신의 생각의 이면에서는 자신의 정체성이 변화를 시도하려고 하기 때문에 갈등이 생기는 것이다.

우리의 생각이 고통 속에서 떠나지 못하는 것은 고통이 변화를 받아들이는 것보다 그러한 고정관념에 안주하는 것이 안전하다고 생각하기 때문이다. 그러나 진정한 행복을 경험하고 삶에 있어 조화를 찾으려면, 우리는 고통의 근원인 자신에 대한 고정관념을 버려야만 한다.

고정관념에서 벗어난다면 우리의 두려움은 사라질 것이며, 삶의 에너지는 자연스럽고 편안하게 흐르기 시작할 것이다. 이러한 에너지는 우리 자신을 더욱 근본적으로 이해하게 할 것이다.

우리의 감정을 되짚어보자. 우리는 어떻게 해서든지 감정을 자극하여 우리를 최대한 활기차게 만든다. 자신에 대한 고정관념으로 욕심의 본성을 본다면, 그것은 늘 원하는 것이 많은 요구와 갈등을 야기한다. 그러한 고정관념을 키우는 것은 근본적인 만족을 얻지 못한 채 삶을 지속시키며, 욕심은 만족을 좌절로 변질시킨다.

좌절은 부정적인 요소이지만, 어떤 부정성은 정신적인 에너지 고유의 긍정적 성질을 가지고 갈등을 유발한다. 부정적인 느낌들은 우리가 긍정적이며 모든 경험을 받아들이는 태도를 지닐 때, 자연스럽게 전환된다. 그 결과로 에너지는 우리를 더욱 창조적이고 더욱 지적으로 만든다. 이러한 에너지는 좌절과 부정적인 고정관념들을 빨리 파악하게 한다.

우리가 자신에 대한 고정관념이 무엇인지 알게되면, 우리는 변화하기 시작한다. 그렇게 되면 어떠한 것도 포기하지 않는 태도라도 유연성을 발전시킬 수 있으며 그것은 우리의 의식이 확장된 것이 아니라 유동적이기 때문이다.

우리는 새로운 관점으로 이러한 유연성을 발전시킬 수 있다. 예를 들어, 매시간 당신이 행복하지 못하다고 느끼면서도, 말로는 "나는 행복하다."라고 한다. 사실은 그 반대로 느끼면서도 당신 스스로는 행복하다고 강하게 말하는 것이다.

기억하라, 그것은 자신에 대한 고정관념이지 결코 당신이 아니다. 행복함과 균형 잡힌 태도로 전환하여 그것을 믿음으로써 행복을 유지하는 것은 가능한 일이다. 당신의 내면적인 것뿐만 아니라 외부적인 조건까지도 전체적으로 변화시킬 수 있다.

자신에 대한 고정관념을 파악하는 다른 방법은 불행함에 젖어들어 그것을 느끼고 믿는 것이다. 그런 다음 물에 뛰어드는 물고기처럼 재빠르게 그것을 행복으로 전환시키는 것이다.

첫 번째로, 경험이 되는 것은 완벽하게 받아들인다. 그리고 극단적인 방향으로 전환시키는 것이다. 어떻게 그럴 수 있겠는가?

그것은 긍정적인 경험과 부정적인 경험 사이의 차이점을 명확히 알고, 때때로 그 양면의 경험을 동시에 경험하는 것으로 가능하다. 정신적으로 긍정적인 것부터 부정적인 것에까지 뛰어오르게 되면, 자각의 명확성과 어떤 쪽으로도 사용할 수 있는 '중립적인 에너지'를 얻게 된다는 것을 알게 된다.

이렇게 전환하는 기술을 얻고자 노력하는 것부터가 시작이다. 우리는 현재 무엇을 느끼고있는지 그리고 이전에는 어떠했었는지 알 수 있으며, 가끔은 그 두 가지의 다른 상황이 동시에 느껴진다는 것 또한 알 수 있다. 이러한 기술은 수용성(受容性)을 가르치며 어떠한 경험이 일어나더라도 긍정적인 경험을 가능하도록 만든다.

자신을 고정관념 속에 가둘 것인가, 아니면 밝고 충만하고 전체적인 방향의 긍정적인 태도로 발전시킬 것인가는 자신이 선택할 문제이다.

긍정적인 측면에서는 예측, 좌절, 구속이 없다. 자신에 대한 고정관념은 우리의 존재를 즉시 망각하게 한다. 장애와 산만함은 우리의 느낌들과 마음을 더 이상 소통하지 못하게 만든다. 우리는 조화롭고 모든 경험을 자신의 것으로 만들어야 한다.

어떤 상황에서도 우리는 자신을 찾고, 정신적인 안정을 가질 수 있다. 그리고 조화로움을 택한다는 것은 삶의 목적과도 부합되는 것이다. 자유로운 방향으로 선택해야만 하는 것은 우리의 몫이다.

자신을 변화시키는 것

좌절은 우리의 삶에 그림자를 드리우는 것이다. 우리의 삶은 표면적으로 행복해 보일지라도, 깊은 내면의 불만족이나 완전하지 못한 감정들은 그 원인을 찾지 못하고 내부에서 꾸물거리고 있다. 그러나 생각해보면 이러한 감정은 우리의 삶을 우리가 할 수 있는 만큼 생산적으로 살고 있지 못하기 때문이라는 것을 알게 된다.

우리가 알고 있는 그 사실이 중요하지만 삶에서 매우 의미있다는 것을 망각하기는 아주 쉽다. 그러나 미래를 기다리는 것은 언제 올지 모르는 버스를 기다리는 것과 같다.

만일 우리가 삶에서 중요하다고 느끼는 것을 시도하지 못한다면, 우리는 어디에도 이르지 못할 것이다. 그러나 익숙하지 않은 상태에서 성실히 배워야 하는 것과 어쩔 수 없이 행해야 하는 것들은 늘 우리를 힘들게만 한다.

'자신의 힘'이라고 생각하면 우리의 행동방식은 서서히 발전한다. 나중에 우리는 이러한 힘, 카르마가 지닌 감정이 우리의 삶을 자동적으로 운용하고 제어하고 있음에 놀라게 된다.

우리의 기회가 달아나 버리면, 우리는 삶에 그냥 안주해버린다. 그것은 실질적인 목적이 아닌 마치 종노릇과 같이 삶을 단순하게 만드는 것이다.

이렇게 자기 자신을 포기하는 것은 바람직하지 못하며, 한가지의 방법으로 정의할 수 있다. 예를 들면, 도피의 방식에서는 우리가 알고 있는 바를 실천하지 않을 때 더 강해질 수 있다. 마지못해 사는 삶은 습관이 된다.

우리는 약간이라도 어렵거나 불쾌한 것들을 자동적으로 피하게 되는데, 어떤 일에 도전하지 못하여 생산적인 기회를 놓치거나, 회피하는 방식으로 자신에게 편한 결정을 내린다. 이러한 방식이 강해짐으로서 우리 자신은 더 약해진다.

시간이 지나면, 이러한 방식들은 점점 더 강해져서 우리가 모르는 사이에 삶의 구석구석으로 연결된다. 이것이 곧 카르마이

며, 카르마는 우리가 목적을 계속 달성해도 영적으로 진보하기
어렵게 한다.

우리는 이러한 방식으로 삶을 억류(抑留)한다. 그러므로 삶은
쉽게 변화할 수 없고, 새로운 것에 대한 인식하기를 피하는 이러
한 방식은 우리의 한 부분이기도 하다.

어떻게 하면 이러한 방식을 바꿀 수 있을까? 첫째로, 우리는
삶의 방식을 단순하게 인지할 필요가 있다. 그런 다음 우리의 습
관들을 확인함으로써 우리의 삶을 결정하는 은닉된 힘을 제거할
수 있다. 이것으로 우리의 구차한 삶의 종지부를 찍게 되며, 최
선을 다하여 삶의 의무를 다 할 수 있게 된다. 다시 말하면, 간
절히 원하는 것을 전환하면, 모든 문제로부터 자유로운 상태를
얻을 수 있다.

우리가 하룻밤 새 변할 수는 없겠지만, 더욱 활기차고 조화로
운 양질의 삶을 구축하는데는 최선을 다 할 수 있다. 이제부터
우리는 회피하는 방식을 무너뜨리면서 새로운 삶을 살아가기 시
작한다. 우리는 원하지 않는 일을 하는 것에 철저히 집중할 수
있으며, 분노와 좌절과 같은 감정이 일어나는 것에 대해 은밀히
명상한다.

45

　명상을 통해 일어나는 감정들을 그대로 유지하면서, 원초적인 감정의 이면으로부터 나오는 것을 느끼게 될 때까지 실행한다. 처음에는 육체적인 압박과 긴장이 나타나게 된다. 자신에게 정착된 것들을 날카롭게 꿰뚫음으로써 강렬한 느낌을 갖게 된다. 그런 후, 곧 우리는 두려움에 대해 인식하기 시작할 것이다.

　두려움은 교묘하게 달아난다. 두려움은 대부분의 사람들이 해야 할 행동과 선택을 안내해 주는데 우리는 그것을 실제로 받아들이지 않는다. 이러한 삶의 억압 속에서 갖게 되는 감정은 우리의 귀중한 고정관념의 한 부분이며, 우리는 자신에 대한 고정관념을 보호받기를 원한다.

　우리는 확고함 속에서 안정됨을 느끼며, 불확실함과 고정관념의 위협을 알지 못함으로써 두려워한다. 두려움에 복종하는 것으로, 심지어는 그러한 사실조차도 알지 못하며, 우리는 두려움에 지배당하게 된다. 그리하여 두려움은 더한 두려움을 야기하고, 삶에 대한 추진력을 약화시킨다.

　우리가 제어하지 못하는 상황이 지나간 것처럼 보이는 것은, 실제로 우리 자신에게 당면한 두려움이 될 수도 있다. 이러한 두려움은 삶 전체에 여파를 미치게 된다.

　우리가 두려움을 접하고 그 사실을 인지할 때, 대부분 좋은 것과 싫은 것으로 합리화하려는 것을 볼 수 있으며, 심지어는 인격적인 말로 멋을 부리면서 그것을 즐기는데, 그것은 자신이 가지고 있는 두려움을 숨기기 위한 임시방편이며, 단순히 자신의 이기심을 충족시키는 것이다.

이러한 경향은 카르마의 실질적인 힘으로 드러난다. 그것은 숨어서 아주 영리하게 우리 자신이 가지고 있는 진지함을 잃도록 면밀히 유도한다. 우리가 지식을 가지고서 한계를 완전히 깨뜨릴 수 있는 기회를 갖는다면, 그리고 그러한 점이 자신의 내면을 형성하고 있다면, 그것에 맞는 행동을 해야만 한다.

우리가 두려움에서 벗어나려면, 곧바로 두려움과 맞서야 한다. 우리는 명상의 의미로 그것을 꿰뚫어, 두려움 그 자체에 대항하여 노전할 수 있다. 우리는 우리의 두려움 속으로 들어간다.

우리의 의식이 감정 속으로 들어가게 되면, 두려움은 사라지고 느낌이라는 것이 매우 단순한 에너지라는 것을 인식하게 된다. 우리는 긴장된 상황으로부터 자신을 편안하게 할 수 있으며, 에너지를 자유롭게 운용할 수 있다. 이러한 안정감은 우리에게 내면의 고요함과 평화를 가져다준다.

두려움을 완전히 관통한 명상으로, 우리는 행동할 수 없었던 이전의 상황에까지 영향력을 미칠 수 있다는 것을 알 수 있다. 결국, 우리는 '원하지 않는 것'을 극복할 수 있다.

우리는 인내심을 가지고 신중하고, 대담하게 두려움의 상황에 정확하게 접근해야 한다. 이러한 것은 우리의 행동을 건전하고 진실하게 하며 양질의 삶을 누리도록 이끌어 준다.

　카르마의 양상을 이해하는 것으로, 우리의 삶은 중요한 기회가 된다. 인간이 습관적인 책임으로부터 스스로 자유롭고, 무한한 잠재력을 깨닫게 될 때, 그 존재는 너무도 귀중하다. 고정된 삶의 형태를 넘어 진정으로 고요한 상태를 찾는 것은 우리가 이루어야 할 궁극적인 목적이다. 그것은 우리의 진정한 본성과 연결되며, 성장하는 데 중요한 밑거름이 된다.

두려움을 없앤다

어릴 적 어둠에 대한 두려움으로부터 늙어서 죽음에 대한 두려움까지, 두려움은 삶에 있어 자주 느끼는 정상적인 감정의 한 부분이다. 그러나 두려움에 대하여 차분히 생각해 보면, 그것은 우리의 마음에서 비롯된 것이라는 알 수 있다.

두렵다는 느낌은 특이한 성질을 지니고 있는 어떤 확실한 느낌에 대해 '두려움'이라는 꼬리표를 달고, 그것에 대해 어떻게 반응할 것인가에 대한 규칙을 정한다. 그리고 그러한 두려움이 우리를 정말로 집어삼킬 것이라는 관념을 갖게 한다.

요약하여 설명하면 우리가 두려움을 제어하기 위해 시도하는

것은 두려움의 원인이 아닌 증상을 강타하는 것으로서 두려움에
대한 '이유'를 이해하는 것이다. 실제로 두려움의 원인은 우리의
마음에 있는데, 두려움의 양상을 지지하는 더 많은 생각들과 관
념들이 강하기 때문이다. 그러므로 이제부터 우리는 다른 방식의
접근법이 필요하다.

두려움이란 그저 그릇된 에너지, 심리적인 투영, 착각에 지나
지 않는다. 우리의 몸이 두려움에 반응할 때, 몸 그 자체가 두려
워하는 것이 아니다. 두려움은 생각들과 관념들로부터 오는 것이
며, 우리는 이러한 반응과 결합된다는 것을 잘 알고 있다. 관념
이 명백한 형체로 존재할 수 없다해도, 그것은 우리의 믿음으로
확정될 수 있으며, 그것이 사실이든 아니든 간에, 우리는 그러한
관념의 힘을 받아들인다.

두려움의 그림자는 주관적인 세계와 객관적인 세계 사이에 늘
숨어있다. 우리는 자신과 자신에 대한 정체성이 사라진다는 두려
움에 집착하며 근심한다.

우리는 명상을 통하여 두려움의 속박에서 풀려날 수 있다. 명
상은 일반적으로 주체와 객체간에 존재하는 긴장을 풀어준다. 명
상으로 내면은 고요해지며 생각이 일어날 때, 그 생각에 치우치
거나 또한 해석하는 것에 집착하지 않는다. 그리고 두려움이나
어떤 다른 생각들이 일어날 때는 그저 명상의 편안함과 고요함

으로 돌아오면 된다. 우리는 스스로 두려움을 지나갈 수 있으며,
명상의 상태를 차분히 바라보며 유지할 수 있다.

그러나 명상은 언제라도 그 강력한 에너지를 흐트러뜨리는 여
러 장애 요소들에게 개방될 수 있다. 그러한 강력한 파장에 적응
하지 못하여, 우리는 위험한 어떠한 곳으로 이끌릴 수가 있다.
그리고 두려움을 나타내는 형태로 그것을 받아들인다. 이제 우리
는 에너지를 제대로 발휘하기 위해 두려움에 대한 관념을 타파
해야한다.

두려움은 특정한 느낌을 대상화 한 것이며, 단지 그러한 감정
에 연루된 것이라는 사실을 기억하기를 바란다. 우리는 관념들과
예상들을 스스로 조정할 수 있을 때, 두려움은 비로소 아무 것도
아닌 것이 된다. 두려움을 관찰하므로써, 우리는 그것이 우리 본
성의 근원적인 부분이 아니며, 스스로 구축시켜 놓은 어떤 형태
라는 것을 알 수 있다.

두려움의 양상을 인식함으로 우리가 어떻게 환영(幻影)에 사
로잡혀 있는가를 이해하기 시작한다. 그것을 이해하는 것으로 우
리는 편안해지며, 마음의 에너지를 열고 두려움과 직접 대면할
수 있게 된다. 이것은 우리가 진정한 경험을 하고 명상을 할 수
있는 도화선이며, 그렇게 자연스럽게 발전된 경험은 명상에 대한
신뢰로 이어지며, 우리의 삶은 신속히 회복되기 시작한다.

두려움은 우리의 무한하고 강한 내면의 힘을 저해하는 요소라

는 것을 인식하므로써 우리의 의식은 진정으로 활력이 넘치게
된다. 물질적인 세계는 우리를 두려움으로부터 보호할 수 없으
며, 명상을 통해 우리는 두려움을 전환시키고 진정한 보호 속에
존재하게 된다.

  먼 옛날, 티벳에서는 두려움을 이기기 위해 실제로 묘지에 가
서 시체들과 함께 자곤 했다. 그들은 무서운 공포감에 떨면서도
자신이 강하다는 것을 의식적으로 상상해가며 두려움과 맞서 마
음이 완전해지기를 원했을 것이다. 두려움을 통찰하는 것으로,
그들은 존재 안에 자리잡은 거대한 힘을 건드릴 수 있었으며, 그
것을 명상으로 사용했다. 이러한 방법으로 그들은 두려움에서 자
유로움을 발전시켰다.

  두려움의 비현실성은 철학적으로도 연구되었으나, 우리에게
그다지 유익한 것은 아니었다. 우리는 두려움이 무엇인지 경험을
통하여 이해해야만 한다. 그래야 만이 삶이 유쾌해 질 수 있다.
  모든 두려움을 이기기 위해 '쵸드(Chod)《두려움을 떨치기 위한
묘지에서 행해지는 수행법》' 수행법을 익히고 있던 라마(Lama)《티
벳의 수도승》에 관한 이야기가 있다. 쵸드 수행법을 익히는데는

52

3~4개월 정도가 걸리는데, 그 마지막 과정의 일주일 동안에는 밤마다 학생이 홀로 묘지에 가야한다는 것이다.

학생은 다마루(Damaru)《북과 사람의 뼈로 만든 종과 나팔》를 들고 가야만 한다. 그것들은 악마를 부르기 위해 사용하는 도구들이다. 나팔을 불고 나서, 학생은 악마에게 "나와, 어서 나와서 날 잡아먹어라!"라고 소리친다. 그 마을은 나팔 소리가 날 때면 언제나 두려움에 떨었다.

높은 산으로 둘러싸인 우거진 수풀 속 계곡에 있는 묘지로 한 라마가 보내졌다. 거친 바위들말고는 아무 것도 없는 황량한 이 곳에 바람소리와 들개들이 울부짖는 소리는 더욱 음산했다. 그 순간 라마는 자신의 강인함에 대해 자신하게 되었다.

3일이 지난 후, 그는 악마들이 그에게 어떻게 왔는지, 그리고 어떻게 그 악마들을 물리쳤는지에 대하여 자랑스럽게 이야기했다. 그는 매우 자랑스러운 존재이며, 치료사로서 더욱 존경받았다. 그러나 묘지로 가야하는 마지막 날 밤, 그를 좋아하지 않는 어린 라마들은 그가 어떻게 그럴 수 있는지 정확하게 알고 싶어 그의 뒤를 따라가 보았다.

티벳의 묘지는 끔찍한 장소이다. 시체들은 말뚝에 묶여 바위 위에 버려진다. 그곳은 고약한 냄새로 진동하며, 독수리들은 널

려진 시체들의 머리카락과 뼈만 남기 채 모두 뜯어먹어 버린다. 어린 라마들은 커다란 바위 뒤에 숨어 쵸드 수행자가 묘지 가운데로 가는 것을 지켜보았다.

그는 적당한 바위에 자리잡고 앉았다. 어둠이 내린 후, 라마는 나팔을 불기 시작했다. 그리고 이렇게 외쳤다.

"모든 악마들아, 다 나와라! 모든 신들도 다 나와라! 어디 한 번 내 팔과 다리를 잡쉬 보시지! 나는 이미 내 몸을 너희에게 줄 준비가 끝났다!"

우렁찬 목소리로 그는 계속해서 외쳤다.

"악마들아, 지금 당장 내 몸을 잡아먹어라!"

그는 만트라(Mantra) 《성스러운 소리, 진언(眞言)》를 외우며 매우 진지하게 기도하고 있었다.

어린 라마들은 붉은 색의 반죽을 얼굴에 바르고 나서, 그에게로 조심스럽게 다가갔다. 처음에 그는 어린 라마들이 다가 오는 것을 알아채지 못했지만 조금 지난 후 수풀의 사방에서 자신을 향해 다가오는 붉은 색의 얼굴들을 보았다. 그는 더 크게 벨을 울리고, 북을 두드렸다. 그런 다음 신경을 곤두세우고 주변을 둘러본 후 점점 더 빠르게 기도했다. 그러나 그 붉은 얼굴들은 더 가까이 그에게로 다가왔다.

마침내, 그는 모든 것들은 집어던지고 자신의 옷자락을 움켜쥐고는 도망쳤다. 그의 다마루와 종은 부서져 버렸으며, 그는 묘지로부터 공포감을 느끼기 시작했다.

　다음 날 아침, 라마의 스승들은 그에게 여느 때처럼 지난밤에 대해 물었다. 그리고 기도할 때 쓰이는 아름다운 다마루는 어디 있느냐고 물었다. 그는 매일 아침 자신이 악마들을 대했던 것과 얼마나 영리하게 그들을 다루었는지를 말했었지만, 이날 아침 라마는 아무 말도 하지 못했다. 이러한 일이 있은 후 쵸드 수행법을 완전히 포기하고 말았다.

　우리가 수행할 때, 어떤 때는 실제로 악마들이 존재하고, 두려움이 있는 것처럼 보일 수도 있다. 우리는 그것들을 마음의 산물로 간주하고 제어할 수 있지만, 위협적인 상황이 일어나면 두려움 때문에 그것은 다루기 어렵게 된다.

　우리는 아마도 구체적인 모습을 지닌 악마로부터 공격당하지는 않겠지만, 그런 상황을 야기할만한 장애들은 많이 있었을 것이다. 그것들이 어떠한 물질적인 요소들을 지니지 않는다 해도, 우리는 그것들을 실제적인 존재로서 받아들이며, 그렇게 만든다.

　우리는 문제가 발생했다는 것을 알자마자 바로 어떤 행동을 하게되는데, 우리가 항상 방해물들에 대해 방심하지 않게 되면, 미리 대비했다가 방어할 수 있으며 또한, 스스로를 보호할 수 있게 된다.

　그렇다면 죽음에 대해 생각해보자. 우리는 죽음에 관해서는 생각하기도 싫어하지만, 우리가 몸과 영혼이 분리될 때, 그리고 우리가 의식 속에서 홀로 자신을 찾을 때, 죽음의 시간은 도래할 것이다. 우리의 삶의 마지막은 하룻밤의 꿈과 같을 것이다. - 모든 것을 경험한 아주 긴 꿈, 그러나 그것은 여전히 하룻밤의 꿈인 것이다.

우리가 죽을 수밖에 없다는 사실은 늘 우리를 불안하게 한다. 그러나 죽음에 대해 생각하기를 꺼리지 않고 극복한다면, 그리고 죽음에 대한 인식이 발전된다면, 두려움과 죽음과 맞섰을 때, 야기될 정신적인 혼란에서 스스로를 보호할 수 있다.

어느 날 갑자기 우리는 가족이나 친구, 사랑하는 사람의 죽음 또는 재산들을 잃게될 수도 있다. 또한 자신에게 죽음이 찾아 왔을 때, 그 무엇도 자신을 도울 수 없으며 지성이나 아름다움, 돈이나 권력 또한 아무 소용이 없게 된다.

우리는 세상이 얼마나 아름다운지 다시금 깨닫게 된다. 그리고 이러한 깨달음과 함께 깊은 회한이 뒤따른다. 우리는 오직 죽음의 지점에서 진정한 생의 진가를 알게 되는 것이다. 삶은 무한히 아름다운 것이다. 그리고 우리는 그 아름다운 상태를 얼마든지 유지할 수 있다.

죽음에 대한 두려움은 다른 어떤 감정보다도 극단적으로 강력한 것이다. 죽음에 직면했을 때, 우리는 그것을 아예 외면하거나, 무언가에 의지를 하며 기도할 것이다. 육체적인 고통보다 더 강하게 우리를 괴롭히는 것은 두려움에 대한 고통이다. 심지어는 '죽음'이라는 말만으로도 공포스러운 생각이 드는 것은 그것이 종말을 암시하기 때문이다.

우리는 영혼(의식)과 몸이 같은 것이라고 믿는데, 정말로 그렇다면 몸이 죽었을 때는 의식도 끝나야만 한다. 비록 죽은 후에도 계속해서 우리의 의식이 살아있다는 것을 믿는다 할지라도 실제로 죽음에 당면해서는 죽음이 엄청난 두려움을 갖게 할 것이다. 그리고 몸이 버려진다는 생각은 우리를 매우 허망하고 두렵게 만든다.

그러나 인간의 생(生)과 사(死)를 이해한다면 죽음은 뷰리가 아닌 전환이라는 것을 알 수 있다. 우리의 전체적인 시야가 확장되면, 우리의 삶이란 잃을 수 있는 것도 사라질 수 있는 것도 아니라는 것을 알게된다. 그것에 대한 이해가 발전하게 되면 두려움은 사라지고, 죽음은 좋은 스승이 된다.

삶과 죽음은 미묘하게 변화하고 재현되면서 끊임없이 연장되는 과정이며 그러한 과정은 바퀴가 돌아가는 것과 같다. 카르마의 법칙이 성취될 때, 우리는 의식적으로 바퀴의 힘을 더 가할 수 있다. 그것은 자신을 불러일으키는 것이다.

우리가 이러한 과정을 이해하기 시작하면, 죽음은 더 이상 두렵지 않게 되는데, 그것은 바퀴가 돌아가는 것처럼 또 다른 기회가 온다는 것을 알게 되기 때문이다. 어떤 두려움도 그것은 두려움이라는 이름을 갖다 붙이는 것이지, '두려움'이라는 대상 자체가 아닌 것이다.

우리가 즐거움이나 고통, 젊음이나 늙음, 삶이나 죽음과 같은 변화에 대한 두려움의 경험에서 벗어날 때, 우리는 그 속에서 그것들과 확실하게 분리된 것을 알 수 있다. 그리고 유쾌하게 삶을 즐길 수 있다. 죽음이나 또 다른 특정한 경험이 우리를 지배한다는 것에 대한 두려움이 사라지고 새로운 시야를 갖게 되면 죽음이란 또 다른 경험을 하는 것으로 여겨질 것이다.

불행히도, 미국에서는 죽음이란 금기시되는 주제이다. 만일 죽음이 비극적인 것이 아닌 삶의 자연스러운 부분이라는 것이 더욱 개방적으로 인식된다면, 우리에게도 유익한 삶의 한 부분이 될 것이다. 삶이 덧없다는 것을 이해하는 것으로, 우리의 매순간은 충분히 가치 있는 삶으로 전환될 것이다.

죽음을 자각함으로 우리는 삶의 즐거움을 알 수 있으며, 집착하거나 감정에 치우치지 않을 수 있다. 그리하여 삶의 아름다움과 창조성을 더하게 된다.

우리의 의무는 삶을 최고로 만들기 위한 것이며, 그러한 사실은 죽음에 관한 생각을 더욱 쉽게 다룰 수 있도록 한다. 죽음이 끝이 아니라 전환된다는 사실을 인식하므로써 두려움에 쫓기던 에너지는 더 이상 막히지 않게 된다. 그러므로 이러한 에너지를 다루게 되면 삶의 풍부한 경험을 토대로 본질적인 아름다움을 더욱 자각할 수 있다. 그리고 죽는 날이 왔을 때, 우리는 후회하지 않을 것이다. 우리는 현재의 삶에서나 그 후에도 존재하는 하나의 객체이며, 우주의 한 부분이다.

인간의 몸은 경험과 성장을 위한 귀중한 매개체이며, 오직 어떠한 매개물을 통해서만이 우리는 깨달음을 얻을 수 있다. 그러나 인간의 몸은 죽을 때까지 이러한 목적으로만 사용해야하며 각성된 마음은 우리를 더욱 깨달음의 과정과 친숙하게 한다.

우리의 임무는 명상을 강화하여 마음의 결정체를 만드는 것이며, 그것으로 내면과 외면은 서로 분리되지 않는다. 깨달음의 본성 안에서의 관점은 모든 두려움을 용해하며, 가장 강력한 죽음의 두려움마저도 녹여 버린다.

깨달음이 열리는 방향으로 의식을 전환하여, 이전의 두려움과 혼돈을 잠재우고 깨어 있어라. 우리가 전체적으로 자각한다면 그 순간 우리는 진정한 본성을 깨닫게 될 것이다.

명상 : 그대로 두기

붓다의 가르침은 삶의 방법에 관한 것이다. 그것은 조화롭고 평화로우며, 유익한 삶의 방향을 제시한다. 또한 우리에게 내재한 문제들과 악전고투로부터 벗어날 수 있는 길을 열어준다. 우리는 명상을 통하여 그 방법을 찾을 수 있으며, 그것은 깨달음의 의미를 밝혀주는 것으로 통한다.

명상은 매우 단순한 방법이지만, 그것에 대한 여러 가지 다른 묘사들로 인해 혼동이 일어날 수 있다. 그 모든 것들을 잊어버리고 그저 조용하게 앉아 보아라. 고요하고 편안하게, 그리고 어떤 것도 시도하지 말아라.

왔다 갔다 하는 생각들을 잡아두거나 조작하려 하지말고, 모든 생각들과 느낌들을 무심코 던져버려라. 우리가 명상을 하기 위해 어떤 노력을 해야한다고 느낀다면 그것은 더 어려워질 뿐이다.

명상은 명상 그 자체이다. 생각이 자연스럽게 흐르고 나중에 거의 사라지게 되면, 생각의 흐름 이면에 명상의 근본을 감지할 것이다. 내면의 소통이 이루어지는 가운데 고요한 상태를 접하게 되면, 우리가 자각할 수 있는 힘은 더욱 강해진다. 그리고 나서는 그 고요함 속에서 온전히 쉴 수 있게 된다. 고요함 속에서 해야할 것은 아무 것도 없다. 어떤 것을 만들어 낼 이유도 그만둘 이유도 없다. 모든 것을 있는 그대로 두어라.

이러한 단순함 속에서 명상을 행하고 그 방식을 받아들이면, 집중력과 안정감이 점점 발전하여 명상은 더욱 명료해질 것이다. 그리고 경험은 더욱 즉각적으로 이루어질 것이다. 명상에 대한 각자의 경험은 명상에 대한 실천력을 강화할 것이다.

명상은 아침에 떠오르는 태양과 같이 내면에 광명을 가져다 준다. 그러나 내면의 자각을 이루기 위해서는 매일 매일 명상을 실천하는 것이 중요하며 명상을 삶의 일부로 만들어야 한다.

인내심을 가지고 명상을 실천하므로써 우리가 가는 길이 올바른 행로인지 알게될 것이며, 생활 속에서도 명상의 영향력을 인식하게될 것이다. 마음이 평화롭고 사랑이 충만해지면, 감정이 안정되고 삶의 과정 또한 무난하게 흘러갈 것이다. 그리고 자기 스스로 모든 삶의 과정을 만들어 낸다는 사실을 알게 된다.

명상은 압박된 상태로부터 신속히 이완시키면서 안정과 조화를 찾게 하여 우리를 내면의 고요함으로 이끈다. 우리는 삶에 있어서 많은 일들이 아주 짧은 시간동안에 일어나게 되므로, 혼란이 일어나고 당황하게 된다. 그러나 명상은 우리의 마음이 이완되고 고요해지면서, 삶은 온전하고 조화로우며, 자유롭게 전환된다. 마음이 조화롭고 편안해지면서 우리의 몸 또한 건강해진다. 혼동과 실망, 그리고 망상들로부터 벗어나게 되며, 명상의 경험은 스스로를 안내한다.

영적인 가르침을 위한 균형은 인간의 관계에서 내우 중요한 요소이다. 삶의 법칙은 그리 많지가 않다. 여러 대학교에서는 관심 있는 모든 주제를 제공하고, 우리는 그 모든 것을 배우기 위해 많은 시간과 에너지를 소비한다.

위대한 스승들 중에 '지식은 있는 밤하늘에 별들과 같다'라고 말한 분이 계신다. 실제 우리는 그 무수한 별들을 모두 다 헤아릴 수가 없다. 그러므로 모든 것은 한번에 시도하려고 하지 않는 것이 좋다. 심지어 영적으로도 말이다.

처음에는 우리에게 가장 직접적으로 관련된 가르침에 집중하는 것이 중요하다. 그러한 가르침은 우리의 삶의 배경이 된다. 우리가 시간을 낭비하게되면 좌절감을 맛볼 것이다.

강한 동기부여와 인내심 있게 명상을 실천하면서 한 걸음씩 천천히 나아가 수확을 얻어라. 가장 느린 길이 가장 빠른 길이다. 강요됨 없이 조심스럽게 명상을 키워나간다면 매일 성장하는 것을 느끼지 못하더라도, 그 성장은 앞으로 안정되고 한결같을 것이다. 명상을 통해 가는 길은 폭풍우 속을 걷는 것이 아니라, 온화하게 눈 덮인 아늑한 은신처에서 쉬는 것과 같다.

명상은 억지로 하는 것이 아니라 편안하게 해야 한다. 그렇게 되면 여러 가지 명상의 경험을 경험하게 된다. 그러한 경험들은 명상을 확장시키며 마음의 미세함을 자극하여 존재의 본성을 명확히 하는데 도움을 준다.

학 생 : 저는 강한 의지를 지니고 있습니다. 그러한 의지를 보다 편안하게 하거나 어려운 상황을 견뎌야 할 때는 그러한 의지력을 발휘하곤 합니다. 옳은 상황이나 옳은 방향 또는 명상에 대한 의지란 무엇입니까?

린포체 : 그것은 전체적인 문제이다. 명상에 있어서 의지가 필요
한 것이 아니다. 일반적인 관념으로 의지란 노력을 가
하는 것이다. 대부분의 사람들은 명상을 하기 위해 노
력하지도 않고, 또는 무언가를 하려고 하지도 않으면서
그저 어렵게만 생각한다. 그러나 의지만으로 마음을 섬
세하게 하거나 억지로 무엇을 강행할 수는 없다.
우리의 마음이 억지로 명상을 하려고 시도하자마자, 그
명상은 방해를 받게 되는 것이다.

학　생 : 그렇다면 어떻게 명상을 시도해야 합니까?

린포체 : 자연스러운 명상을 하라. 그러면 고통이나 자신에 대한
생각들 또는 다른 어떤 것들이 그대를 방해 할 때, 그
것에서 벗어나기가 더욱 쉬워진다.
강한 의지는 명상을 진전시킬 수 없다. 또한 중압감은
어떤 것에 대한 열망을 더하게 한다.

우리는 구체적인 상태와 느낌, 그리고 재산과 직함, 소
속감을 원하며, 또한 확실한 거주지를 원하는데 그것들
이 결여되면 우리는 중압감을 갖게된다. 그것은 한쪽으
로만 치우친 특정한 한계를 가리키며, 정체성을 한정지
음으로서 결국 자아를 혼동 속으로 휘말리게 한다.
수정과 같이 밝은 것은 투명하다. 그것은 특정한 공간

을 가지지 않으며, 어디에도 속하지 않는다. 밝음은 태양처럼 자유롭다. 명상에서는 주관과 객관을 인식하지 않는다. 그것은 어떠한 의지력 없이도 가능하며, 더 이상 누구도 아닌 누구를 소유하는 것도 아니다.

그것은 주관적인 적응이 아니라, 그 주관을 넘어서는 것이다. 모든 것에서 떠나게 하는 것이 명상이며, 그것이 경험이다. 명상의 태도에 대한 발전을 시도하라.

학　생 : 스승님의 말씀의 요지는 전형적인 명상에서 비롯된 것이 아닙니까? 주관과 객관이 사라지려면, 모든 것이 명상의 상태가 되어야 하나요?

린포체 : 그대가 삶이 자유롭다면 그대는 언제나 명상의 상태에 있는 것이다. 그대가 전투적인 사고들과 감정, 그리고 정체성으로부터 자유로워지면 전형적인 명상이라는 말은 더 이상 중요한 것이 아니다. 그러나 동시에 그대는 영향력 있는 행동을 할 수가 있으며 그것은 일반적인 지식으로부터 온 것이 아니라 명상의 지식으로부터 비롯된 것이다.

일반적으로 이러한 지식을 얻기 위해서는 많은 노력이 필요하다. 우리는 시도하고, 배우고, 그런 다음 경험한다. 그러나 명상을 처음 시작하려 할 때는 어떠한 노력

과 집중이 필요하지만 일단 명상에 들어가면, 더 이상
의 노력은 필요하지 않다. 그것은 '있다(be)'라는 말의
뜻을 빌려 쓸 수도 있는데, '있다'는 우리는 '명상 중에
있다'는 것을 의미하기 때문이다. 명상 중에 시간은 그
다지 의미를 지니지 않는다. 거기에는 과거도 미래도
없으며, 현재도 존재하지 않는다.

학　생 : 시간이 존재하지 않는 상태에서 도달하는 것이 가능한
　　　　건가요?

린포체 : 그렇다. 그대가 생각과 생각 사이의 그 공간 속에 머물
　　　　수 있게 되면, 시간은 존재하지 않는다.

학　생 : 그러면 스승님께서는 밖으로 돌아다니셔도, 여전히 스
　　　　승님에게는 시간은 존재하지 않는 겁니까?

린포체 : 우리가 활동할 때는 다르다. 움직임은 그대를 상대적인
　　　　세계로 돌아오게 하며, 그대가 생각으로 다시 돌아오면
　　　　시간 또한 다시 존재하게 된다.

학　생 : 그러나 그것은 스승님의 열망을 낮추는 일 아닙니까?
　　　　스승님은 언제나 시간이 존재하지 않을 수도 있다는

것을 알고 계십니다. 아닌가요? 그리고 스승님께서 밖으로 활동한다 할지라도, 다른 사람들과 같은 절박함이나 고통, 감정을 느끼시진 않겠지요?

린포체 : 그대는 가끔씩 신비로운 경험을 할 것이다. 그리고, 그 특이한 빛은 곧 사라질 것이다. 그렇다면 시간이 존재하지 않는 것, 즉 일반적인 모든 개념들이 초월된다는 것 또한 마찬가지이다.

학 생 : 명상을 하면서 잠깐동안이지만 '나는 행복하다'는 생각을 했습니다. 그러나 스승님께서는 일상적인 삶에 대해 말씀하고 계십니다.

린포체 : 명상은 일상적인 삶이다. 또한 일상 속에서 일어나는 것이다. 그러나 그대는, 노력을 가하지 않고도 경험을 확장시킨다는 생각 등으로 명상을 너무 확장시켜 이해한 것 같다. 명상의 경험은 언제라도 가능한 것이다.

학 생 : 명상을 시작한 이후로, 저는 그 전보다 모든 일에 대해서 집착하는 것이 줄었습니다. 그러나 어떠한 일이 발생했을 때 그 일이 어떻게 되던지 말던지 하는 등의 관심이 없을 때가 있습니다. 왜 그렇습니까?

린포체 : 나는 그대가 명상을 아주 많이 즐기고 있다고 생각한
다. 그대는 명상하는 것말고는 다른 것에는 관심이 없
다. 그러나 우리가 세상에서 살 때에는, 우리의 생활을
유지해야 한다.

일하는 동안에도 그대의 인식을 발전시켜 나가라. 자신
에게 경솔해지거나 압박을 가하지 말고 차분하고 주의
력 있게 말이다. 그대의 일은 더욱 즐거워질 것이며,
곧 명상의 일부로 받아들일 것이다. 이러한 태도는 삶
을 조금 더 편안하게 해줄 것이다.

학　생 : 명상하는 동안에는 시간이 더욱 천천히 가는 것 같습
니다.

린포체 : 그것은 그대의 명상이 향상되고 있다는 것이다. 그대는
경험의 단계로 들어가고 있다. 일반적으로 우리들의 마
음은 여기 저기로 흩어지는데, 그대가 시간이 천천히
흐른다는 것을 발견했다는 것은 명상의 단계가 발전하
고 있다는 것이다.

시간은 오직 두 방향으로만 움직이는 것이 아니다. 일
차적인 시간은 두 지점을 연결하지만, 내면적인 의식의
경험적 단계에서의 시간은 앞쪽과 뒤쪽, 그리고 위쪽과
아래쪽 등의 여러 차원으로 연결된다.

일반적으로 시간을 과거, 현재, 미래의 상대적인 관점으로 여긴다. 우리가 경험하고 있는 동안이 현재이며, 미래는 아직은 있을 수 없는 것이라고 믿으며, 현재가 지나가자마자 미래로 바뀐다고 믿는다. 그러나 명상을 통해서 우리는 시간의 상대적 관점은 더 이상 존재하는 것이 아니라는 것을 경험하게 된다.

우리는 기억을 일반적인 시간과 동일한 방식으로 보기 때문에 그것이 일차적인 것이라고 생각한다. 그리고 기억을 한 가지, 그 다음 또 한 가지...
이렇게 한 가지씩 경험한 것으로 믿는다. 그러나 우리의 경험이 한번에 확장되면 진정 하나의 범주 안에 놓이게 된다는 것을 깨닫는다. 더욱 지혜롭고, 시야가 넓어지면, 경험의 범위는 더욱더 증가한다.

학 생 : 어느 날, 몇 시간동안 명상을 하고있는데, 내면의 불꽃이 번쩍이면서 그것이 앞쪽에서 저를 밀었습니다. 하지만 그 이후로 한번도 그런 적이 없었습니다. 그런 내면적인 경험이 다시 저에게 일어날 수 있을까요?

린포체 : 명상을 시작하는데 있어서 우리는 마음이나 의식에 속에 경험한 것들을 믿으며, 이것은 경험적인 열망의 바탕이 된다.

우리가 상대적인 마음의 단계에 머무는 동안에는, 자기 자신으로 돌아가는 과정을 알리고, 그러한 과정으로 자아를 확인시킨다.

우리는 그러한 경험들이 필요할 것이다. 그러나 한번에 우리는 명상으로 가도록 하는 경험을 할 수 있으며, 그렇게 되면, 더 이상 소유권이나 주체성은 없게되며, 경험을 하고 있는 상태이거나 물질들에 속하지 않게 된다.

제2장 명상을 통한 내면의 접근

내면의 흐름을 감지한다

우리는 가끔 크나큰 기쁨을 경험하지만, 그것은 아주 드문 경우이다. 왜냐하면 우리는 일상적으로 성취감에 만족하지 못하기 때문이다. 또한, 미래에 대한 몽상으로 빠지는 경향이 있으며 어떤 때는 과거에서 헤어나지 못하기도 한다.

우리는 산과 강, 그리고 숲의 아름다움에는 매우 평화롭고 안정적이며, 그와 유사한 경험들을 갈망한다. 이러한 방식으로, 미래에 대한 희망과 과거의 기억들로 인한 긍정적인 경험들은 우리의 갈망을 더하게 한다.

  모든 경험은 감각 속에서 이루어지는 것이다. 그러나 우리는 미래로 전진하거나 아니면 과거로 후퇴하는 등의 좁은 길 안에 국한되어 있기 때문에 주변에서 무슨 일이 돌아가고 있는지 정확히 알기란 어렵다.

  우리의 경험을 궁극적으로 이끌 새로운 집착거리가 눈에 띄면, 모든 의식을 그 일에 쏟아 부으며, 에너지는 자극을 받게되고 고무된다. 결국 우리는 삶을 그러한 과정으로 몰아가며, 진정으로 만족스러운 삶을 위한 기회는 사라지고 만다.

  우리의 삶이 움직이고 있는 것처럼 보일지라도, 실제로 우리의 경험은 한 가지의 범위 안에서 한정되어 있다. 우리의 마음은 매우 빠르게 작동하지만 그것은 제한된 범주에서만 순환하는 것이다.

  그 마음의 순환을 타파하려 할 때조차도, 그 새로운 길은 시작했던 곳에서 끝나는 것처럼 보인다. 무언가를 피하기 위해 새로운 것을 시도하면서, 우리는 그 순환 속에 남게 되며, 진정한 기회를 놓치게 된다.

  이러한 순환 속에 있는 한, 우리의 삶은 풍성한 향기와 빛깔을 안쪽에 가둬둔 채 피어나지 못한 꽃봉오리와 같은 것이다. 단순한 흥미 거리와 무모한 욕망을 버리고, 진정으로 원하는 길을 간다면 그것은 광대한 길이 열리는 것이며, 모든 가능성들은 제한 없는 공간에서 우리를 기다리게 된다. 그러나 새로운 길을 개척한다는 것은 쉬운 일이 아니며, 우리의 심리적인 양상들로 나타나 힘을 키우는 것들을 강하게 통제해야만 한다.

어떻게 갈망과 좌절의 순환을 무너뜨릴 수 있을까? 한 가지 방법은 이러한 순환에 고착된 습관들을 이용하는 것이다. 예를 들어, 우리의 기억을 이용할 수 있는데, 과거의 생활은 대부분 이러한 삶의 방식을 따르지만, 동시에 과거의 경험들은 가슴깊이 남아있는 느낌들과 동반된다. 그리고 이렇게 깊은 느낌들은 모두 다른 경험들과 상황들의 이해를 돕는다.

가능한 완전히 힘을 빼고, 기억들을 띄운다. 아름다운 기억들에게로 가볍게 다가간다. 푸른 골짜기, 좋은 친구들, 가족들과 함께 한 행복한 시간들…

아마 당신의 유년기 때의 좋았던 기억부터 생각 날 것이다. 그런 다음 당신이 나이 들어가는 것을 느낀다. 당신이 처음 사귄 친구들, 당신이 어렸을 적의 부모의 모습… 상상 속의 따스한 풍부함이 당신을 감쌀 때까지 깊게 느끼면서, 그러한 상상들과 경험들을 바라본다.

상상을 유지하는 것, 상상은 현실 속에 있다. 그리고 당신의 느낌을 당신에게 이동시킨다. 당신으로부터 그 느낌을 다시 과거로 이동시키고, 다시 당신에게로, 또 다시 과거로... 그리고 바로 이전의 과거까지... 이렇게 느낌을 옮기는 것은 경험을 다르게 볼 수 있게 하며, 새로운 시야로 이끌어 준다.

이러한 새로운 시야는 우리가 어떤 방법으로 경험을 왜곡하여 바라보는지, 그리고 우리의 가능성과 우리의 환경과 직접 연결된 것을 단절하여 스스로 삶을 한정한다는 것을 이해할 수 있을 것이다. 우리의 지각은 변화한다. 우리는 새로운 성질의 관점과 더 큰 범주 그리고 느낌의 깊이가 발전될 것이다.

우리의 경험에 대한 확고한 관념이 변해감에 따라, 우리의 무한한 경험을 인정하는 것에까지 도달했다. 그러한 주의력이 부족한 것은 과거로 가려는 것이나, 미래의 새로운 경험을 찾으려 하는 것을 강화한다. 우리는 이러한 상황을 변화시킬 수 있다.

매 순간 피하지 않고, 우리는 삶을 풍요롭게 하기 위한 도구로 우리의 기억들을 사용할 수 있다. 우리는 행복한 경험을 구체화하는 것으로, 사랑과 기쁨의 느낌을 일으키고 강렬하게 하며, 우리의 부정적인 요소들을 전환할 수 있다. 더욱 깊이 있게 우리의 경험을 느끼고, 삶의 긍정적인 본성을 더욱 강화시켜야 한다.

우리는 우리가 가진 작은 경험도 조심스럽게 보호한다. 우리는 폐쇄적이며 방어적이다. 우리의 경험이 깊어짐으로써, 우리는 더 이상 우리가 지닌 두려움에 이끌리지 않으며, 더 이상 방어할 필요가 없게 된다.

우리가 두려움을 극복하면 자연스럽게 다른 것들과 교류하게 된다. 우리는 믿음을 발전시키고, 심지어 깊은 경험을 통한 장벽마저도 제거한다.

우리의 경험이 더 넓은 시야로 열림으로서, 우리의 감각과 육체, 그리고 의식은 활발하게 살아 움직이게 될 것이다.

삶의 과정에서 갈망과 좌절의 양상은 서로 교류하며 유지된다. 모든 부조화는 사라지고, 만족이든 치유든 우리가 필요로 하는 것은 자연스럽게 제공된다. 조화와 진정한 자기만족은 매 순간 끝없는 가능성을 열어줄 것이며, 모든 경험의 깊이와 풍부함을 찾도록 할 것이다.

느낌을 표출한다

우리는 무언가를 받아들이고 인정받기 위하여 자신에 대한 확신을 갖는 대신에, 끊임없이 자신의 외부적인 것들에 신경을 쓴다. 심지어 우리는 실망을 계속할지라도 오직 행복을 찾아 쉬지 않고 무언가를 쫓으려고만 한다.

우리는 파티, 술, 섹스, 커피, 담배 등에 빠져 그것들을 즐기지만, 이러한 즐거움은 일시적인 만족을 줄뿐이다. 그러한 외부적인 즐거움은 채워지지 않은 상태로 끝없이 계속된다. 예를 들어, 몸이 가려울 때 바르면 금방 낫는 것 같지만, 그 독이 몸 전체로 퍼져서 죽게 만드는 참나무 독과 같다.

진정한 만족은 평화롭고 아름다운 우리의 마음에서 찾을 수 있다. 우리는 몸과 마음, 감각을 발전시키므로써, 내면의 균형과 조화를 이룰 수 있다. 이러한 내면의 조화는 우리의 모든 부분에 영향을 미친다.

우리의 문제들은 항상 머리와 가슴속에 있다. 그리고 그러한 문제의 해결 또한 그곳에서 이루어진다. 우리의 문제들은 머리와 가슴에서 조화롭게 작용하지 못하기 때문에 발생된다. 마치 두 가지가 각각 다른 세상 속에 사는 것처럼 말이다. 그들은 서로 간에 소통이 이루어지지 않거나, 각기 다른 필요성으로 만나기 때문에 몸과 마음이 서로 조화롭지 못할 때에는, 만족을 얻을 수 없게 된다.

몸과 마음은 감각들로 연결되어 있는데, 어떤 것은 몸 쪽으로 더 밀접하게 관련되어 있으며, 어떤 것은 마음 쪽으로 더 관련되어 있다. 이렇게 몸과 마음이 연결되면, 감각들은 몸과 마음이 자연스럽게 함께 작동할 수 있도록 한다. 그러나 첫 번째로, 우리는 감각과 경험에 대해 더욱 깊이 인식해야만 한다.

우리가 생각하는 외부적인 쾌락은 실제로 감각을 무뎌지게 한다. 왜냐하면 우리가 감각을 전체적으로 사용하지 않기 때문이다. 일반적으로 하나의 경험이 지나가면 그 느낌이 무언지 알기도 전에 또 다른 경험을 하게 된다. 그렇기 때문에 우리가 무엇을 경험했는지 거의 느끼지 못하게 되는 것이다. 우리는 감각적인 경험을 향상시키기 위한 시간을 허락하지 않으며, 또한 몸과 마음이 연결되는 느낌을 갖는 시간도 주지 않는다.

우리의 감각은 세상을 인식하는 여과기이다. 다시 말해, 우리가 둔감해지면 삶의 경험이 풍부해질 수 없다. 감각을 깨우기 위해, 우리는 경험을 통한 느낌과 접촉해야 한다. 우리는 천천히 듣고 섬세하게 느낄 필요가 있으며, 그렇게되면 우리의 느낌들은 자신과의 의사 소통을 시도하게되는 것이다.

우리는 거칠게 만지거나, 부드럽게 만지는 느낌을 알고 있다. 각각의 감각은 육체적인 성질을 지니고 있지만 그러나 우리는 종종 그것들에 대해 인식하지 않는다. 우리는 편하게 드러내는 것을 배움으로서 감각에 대한 지각능력을 넓힐 수 있다.

감각들은 고요해지고 편안해짐으로서 양분을 공급받는다. 우리는 본질적인 것에 맛을 더하는 각각의 감각들을 경험할 수 있으며, 이것은 감각들의 한 가지의 관점을 자극하여, 더 나아가서는 느낌들을 허용한다. 단계가 깊어지면서, 우리는 즐거움과 만족감을 강화할 수 있을 것이다. 다른 구조를 갖는 다른 기관들도 그렇다.

우리의 경험은 다양한 층들을 지니고 있는데, 그 층들은 조급함 없이 편안하며, 섬세해짐으로 드러난다. 명상은 이러한 삶의 성질을 강화하고, 다양한 층들을 탐험할 수 있는 방법을 제시한다.

　우리는 신중함과 집중력 있는 태도로 긴장감의 근원을 제거할 수 있으며, 몸 전체로 에너지가 흐르게 할 수 있다. 진정한 이완 상태는 보다 좋은 시간을 갖게 하며 온전한 휴식을 취하게 한다. 즉, 그것은 육체적인 형태를 넘어서 모든 감각을 완전히 열리게 한다. 이러한 경험을 하는 것은 마음속에 시원한 비를 내리게 하는 것과 같다.

　우리는 모든 외부적인 형상들이 지닌 생각과 열린 공간, 또한 구체적으로 드러난 거대한 상황들과 무한한 순간 속에 존재하며 우리 스스로에게 관대함과 편안함으로 용기를 북돋을 수 있다. 그러면 더 이상의 장벽은 남지 않게 된다.

　무언가를 떠난다는 것은 더 높은 인식의 상태이며 강건한 생명력으로 우리에게 온정과 마음의 자양분을 준다.

　우리는 좋다면 그러한 의식 상태에 머무를 수 있으며, 그러기 위해 어떤 것에 초점을 맞추거나 주의를 기울일 필요도 없다. 명상을 위해 우리가 가져가야 할 것은 자기 자신이며, 몸과 마음을 위한 것은 명상의 기초이다.

　몸과 마음이 동격인 것처럼 호흡은 몸과 마음으로 구성된 물질이 존재하기 위한 근본적인 요소이다.

명상을 할 때 호흡은 조용하고 규칙적이며, 몸은 이완되고, 몸과 마음의 에너지는 활력을 갖게 된다. 이것은 긍정적인 정신 상태에 용기를 북돋으며, 몸과 마음이 안정되고 마음이 이완되고 감정이 차분해진다.

몸은 감각들과 마음을 위한 닻과 같으며 그 모든 것은 상호적 연관관계에 있다. 당신의 온 몸을 느껴 보라. 호흡이 편안해지고 조용해지도록 한다. 몸과 호흡이 고요해지면, 매우 가벼운 느낌을 받을 것이다. 거의 하늘을 나는 듯한, 그리고 동시에 상쾌함과 생동감을 느낄 것이다.

당신의 모든 세포들이 열리고, 심지어 몸을 구성하는 모든 분자들이 꽃처럼 활짝 피는 것처럼 느껴질 것이다. 뒤돌아보지 말고, 마음을 더욱 활짝 연다. 이렇게 치유하고 보존할 수 있는 아름다운 경험들을 거듭해서 우리에게 오도록 할 수 있다.

내면의 본성과 접촉하는 모든 방법들은 고요해진다. 우리의 몸과 마음은 순수한 에너지 속으로 녹아들며 그것이 진정으로 통합되는 것이다. 통합으로부터 무한한 축복이 넘치며, 완전한 기쁨과 위대한 감수성이 충만해진다.

우리의 몸과 마음이 하나가 될 때, 우리는 고요함과 텅 빈 상태를 이해할 수 있으며, 균형된 삶을 만족하게 될 것이다. 근원

적인 긴장감을 제거하고, 내면의 갈등을 끊어버리면 우리는 진정
한 평화와 성취감을 얻을 수 있을 것이다.

우리는 강렬해진 감각들로 더 많이 느끼며, 그 느낌들 안에서
거대한 깊이를 찾는다. 감각은 더욱 풍부해지고, 감수성이 더욱
미세하고 세련되어지며, 더욱 행복함을 느낀다.

우리는 삶을 좀 더 풍성하게 하기 위해 이색적인 방법들을 구
할 필요가 없다. 일단 우리 스스로 최고의 느낌과 접하게 되면,
그것은 걷고, 일하고, 활동하는 우리의 일상적인 삶으로 옮겨진
다. 우리가 해야할 일은 어디에서든지, 무엇을 하더지, 할 수 있
는 한 내면의 조화를 이루기 위해 자신을 계속적으로 발전시키
도록 노력하는 것이다.

점차적으로 우리의 생각과 인식 안에서 이러한 느낌들이 통합
되는 것은 삶이란 맛에 향신료를 주는 것이다. 우리의 몸과 마
음, 그리고 감각은 생명력이 넘치며 근본적인 지식을 소유하게
될 것이다. 이러한 생명력 안에서 기뻐하는 모든 순간은 확신과
만족으로 넘치는 새로운 탄생과 같다.

우리의 더욱 깊어진 느낌은 마치 끝없이 펼쳐진 부드러운 융
단 위를 탐험하는 것처럼, 우리의 몸과 감각들 속의 아름다운 미
세한 단계와 접촉하게 된다. 명상의 공간이 열리면서 우리는 무

한한 기쁨과 은총을 얻게 된다. 우리는 진지한 새로운 경험을 시작하고, 활기찬 에너지는 열려진 존재로부터 온다. 이것은 역동적이고 생생한 과정이며, 외부적인 느낌보다 훨씬 더 깊이 있는 확장이다.

생명력 넘치는 정신을 발견하는 것은 인식의 본질이며, 우리의 더 높은 인식의 단계를 접할 수 있는 능력을 통해 우리는 하나의 경로가 된다. 우리에게 여전히 삶의 문제가 남아 있을지라도, 우리는 내면의 기쁨과 힘으로 그에 맞서 더욱 강건해져야 한다.

우리는 내면의 아름다움을 알고 있으며, 다른 사람들의 행동과 태도로 인하여 안내자를 잃게 될 수는 없다. 내면의 본성을 통한 더욱 친밀한 지식을 통해서 자신을 세우는 것은 내면의 자양분과 영원한 행복의 실질적인 원천이며, 강력한 기초이다.

우리가 몸과 마음의 균형을 이루어 다른 사람들과 조화를 이룰 때, 우리의 삶은 더 많은 의미를 부여하며 매 단계로 이끌 수 있는 능력을 배양하게 된다. 이러한 방법을 배우는 일은 매우 향기롭고 아름다운 일이다. 우리가 이처럼 삶을 살아갈 때, 그 결과는 우리의 삶뿐 만 아니라, 세상에도 유익하게 반영될 것이다.

감정의 초월

우리의 삶은 한 가지의 경험에서 또 다른 경험으로 옮겨지는 연속적인 과정에 있다. 정열적인 사랑을 하는 순간, 또는 매우 기쁜 순간에 있을 때에도 종종 예기치 않은 분노와 좌절, 고통 등이 갑자기 따라오곤 한다. 이러한 일들로, 우리는 좋은 경험과 나쁜 경험, 긍정적인 것과 부정적인 것들의 범주를 넘나든다.

우리는 다시 말해 어떤 경험을 다루는데 있어서 친구와 다른 사람, 또는 적, 이러한 방식으로 경험을 쪼개고 있다는 것을 알지 못하며, 이러한 전체적인 경험의 풍부한 경험으로부터 스스로를 분리한다.

우리는 자기 자신을 스스로 멀리하게되며, 결과에 가서는 새로운 문제를 야기하는 에너지를 자극하여 갈등을 유발시키며 심지어 오래된 일들까지 해결하려고 한다.

경험을 분리하는 것은 끝없이 부정적인 상황으로 몰아가는 것이며, 우리는 맞든 틀리든 생각하는 것을 바탕으로 행동의 기초를 세우고, 게다가 그것은 우리의 주인노릇을 하면서, 극단적인 긍정과 부정 사이에서 중간지점을 찾기 위해 우리를 더 어렵게 만든다.

우리의 에너지가 이러한 문제들을 진압하거나 행복해지기 위해 시도하는 것은, 우리의 불행을 더욱 강화시키는 것이며, 결국 그것은 우리 자신을 영구한 부정성, 혼돈의 늪에 머물게 하는 것이다.

우리는 실제보다 훨씬 많은 고통을 경험한다. 마치 자식이 죽는 꿈을 꾸는 어머니처럼 말이다. 그러나 우리가 어떤 것들에 대해 선한 것과 악한 것, 검은 것과 흰 것 등으로 구분 짓는 것이 단지 이름표를 붙이는 것과 같다면, 우리는 꿈에서 곧, 깨어날 수 있다.

존재, 그 자체는 중립적이며 보는 관점에 따라 긍정적인 것과 부정적인 것으로 양분화 되는 것이다. 실질적인 해답은 자신에게 놓여있다. 우리는 경험에 대한 반응을 변화시켜야 한다. 우리의 문제들은 우리가 경험한 것과 무관할 수도 있지만, 태도에 있어서는 변화가 필요하다는 것이다.

　우리가 경험한 상태가 어떤 것인지 알게 되면, 삶은 가르침과 좌절에서 벗어나는 것으로 나뉜다. 우리는 변화하거나 포기하거나 모든 것을 잃어버릴 이유가 없다. 우리의 감정이 오르락내리락 하는 것은 파도가 바다의 표면층에서 일렁이는 것과 같다. 바다의 아주 깊숙한 곳은 고요하고 흔들림이 없다. 자연스럽게 모든 감정들을 받아들이면서, 본성을 가지고 있는 모든 경험들을 이해한다.

　우리는 감정, 좌절, 공포, 슬픔에 대하여 고마움을 가질 수 있다. 그러한 것들은 우리가 깨우치는 데 도움을 준다. 우리는 삶에 있어서 무슨 일이 일어나는지에 대한 정확한 메시지가 없다.

　감정은 우리의 주의력이 어디로 향하고 있는지 보여준다. 그것은 분명치 않은 길을 가는 것보다 오히려, 확실하고 날카롭다. 강력한 감정의 에너지가 예리하게 통찰하는 것으로, 우리의 장애와 정신적인 길은 한가지라는 것을 이해한다.

　우리에게 오는 감정들을 받아들이면, 관대해지며 개방된 태도로 발전된다. 우리는 자신의 감정들과 친밀해질 수 있으며, 그것들의 자연스러운 과정을 수용할 수 있다. 이렇게 개방되고 수용성 있는 태도를 지니게되면, 모든 감각들을 완벽하게 알 수 있다.

우리의 판단과 경험을 토대로한 감정들을 근거로 기대감과 동시에 저항감을 갖게 될 때, 다가올 어떠한 경험은 신선하고 가치 있게 받아들여질 것이다. 그리고 용인(容認)하는 태도는, 심지어 부정적인 감정들이 갖고 있는 에너지와 힘을 늘리기 위한 잠재력을 포함한다. 우리는 일반적으로 오직 욕망, 좌절, 분노, 고통과 같은 것들을 에너지의 부정적인 측면으로 생각하지만, 이러한 경험들을 이해심으로 변하게 할 수 있다.

우리의 고통은 거의 정신적인 것들로서 두려움이 가중되는 고통과 동일시된다. 우리의 고통이나 두려움에 관한 생각들을 허물어버리는 일은 중요하다. 느낌에 집중하는 것은 그것에 대해 생각하는 것이 아니다. 느낌의 중심에서 집중하는 것은 그 상황을 꿰뚫는 것이다. 그 중심 안에 있는 에너지는 명료하고 뚜렷한 것이다. 이러한 에너지는 강력한 힘을 지닌 것이며, 명료함을 전달한다.

우리의 의식은 순수한 에너지와 연결되어 있는 감정 속으로 옮겨 갈 수 있으며, 동시에 긴장은 녹아 내린다. 온화함과 자신을 이해하는 것으로, 우리는 에너지를 관리한다. 억지로 되는 것은 없다. 그렇게 서서히 준비하여, 부정성의 한 가운데로 갑자기 뛰어들지 않도록 자신을 돌본다.

고요해지고, 섬세해지는 상황을 지켜보라. 그렇게 섬세해진 명상은, 어떠한 감정도 에너지로 전환할 수 있다. 부정성을 전환하기 위해 우리는 감정을 기술적으로, 부드럽게 다루는 것을 배울 필요가 있다.

학　생 : 스승님께서는 자신이 존재하는 것으로 스스로를 받아들인다고 했습니다. 그것은 우리가 변화할 수 없다는 것을 의미하는 것입니까?

린포체 : 우리는 언제나 자신을 거부하며, 여러모로 자신을 비난한다. 또한 실제로 있지도 않은 스스로의 부정성을 받아들인다. 스스로를 거부하는 대신에, 속이 텅 빈 우리의 부정성과, 진실 또는 거짓에 대해 깨닫는 것이 좋다.
우리의 생각과 관념들이 변화하면, 동시에 우리의 태도 또한 변화하며, 에너지가 자유롭게 흐르게 된다. 이러한 에너지는 우리의 부정성으로 인해 막히게 되며, 그 특성이 고정되어 버린다. 우리는 고정관념과 긴장을 풀고 에너지가 흐르도록 해야한다.

학　생 : 분노와 두려움을 가지고 있을 때, 그것에 대해 명상을 하면, 오히려 두려움이 더 커지기만 합니다.

린포체 : 그런 감정은 명상 속에서 더욱 강렬해 질 수 있다. 우리의 시간적 개념은 뒤바꿀 수도 있기 때문에, 일분이 삼십 분처럼 느껴질 수도 있다.

확정적인 두려움의 에너지는 어쩔 수 없이 경험을 방해하고 부풀린다. 그러므로 그런 상태에서의 명상은 너무 고도로 예민해져 있기 때문에 어떠한 갈등도 오히려 더욱 복잡하게 만든다.

예를 들어, 그대가 생각들을 억제하려고 노력을 기울일수록, 생각들은 어김없이 어지럽혀지게 된다. 그것은 좋지 않은 때를 만난 것이 아니라, 그러한 일을 시도할 때, 우리의 마음이 이미 매우 예민해져 있기 때문이다.

그대가 눈의 수정체로 확정된 방식의 모든 것을 보면 그것들은 모두 더 큰 것 아니면 더 작은 것들이 되어 버린다. 그대가 확정된 사고방식 속에 있을 때, 특이한 것들이 발생된다.

그대는 기쁨 또는 괴로움을 느끼면서 실제로는 삼십 분에 불과한 시간을 하루처럼 느낄 것이다.

삶과 마찬가지로, 명상에서도 많은 것들이 일어난다. 아름다운 것들과 고통스러운 것들이…

우리는 인식의 상태를 유지해야 한다. 좌절은 우리를 유혹하면서, 언제나 가까이 있다. 우리는 그것이 기대

하는 것이 무엇인지 알아야만 한다. 우리의 시야가 열
리면, 부정적인 어떤 것들이 일어난다 해도 그것을 중
화시킬 수 있다.

학 생 : 부정적인 감정들과 분노에 대해서 명상은 우리에게 어
떤 도움을 줍니까?

린포체 : 분노의 해독제는 사랑, 자비심, 인내이다. 그러나 우리
가 이러한 것들이 어떻게 작용하는지 알 때까지, 우리
의 분노를 가라앉히는 힘을 훈련해야 한다.
우리는 걸을 때, 잠잘 때, 독서할 때에도 고요함을 유
지하려고 할 것이다. 그러나 이러한 것들은 분노를 해
독할 수 없다.

우리는 다른 어떤 생각들이 떠오르는 것을 인정하지
않은 채, 분노에 대해서만 집중하곤 한다. 그것은 우리
가 화난 생각들과 그로써 생긴 분노에만 집착하는 것
이지, 사건 자체를 보는 것이 아니기 때문이다. 그것은
판단을 내리는 것도 행동을 하는 것도 아닌 것이 된다.
마찬가지로, 욕망이나 어떤 것에 방해받는 느낌이 일어
날 때, 집중력을 가지고 그 느낌을 유지하라.

그것을 놓치지 않는 것이 중요하다. 그러나 그것에 대해 넘겨짚어 생각하거나 행동하지 않는 것 또한 중요하다. 왜냐하면 그것은 오직 에너지를 느끼는 것일 뿐이며, 그 이상이 아니기 때문이다.

모든 것은 그대가 하는 것이다. 그대는 아침에 일어나서, 그대는 자신을 기다리고 있는 모든 가능성에 대해 생각할 것이다. 그것은 자각이 되고 준비가 된다. 그대가 눈을 떴을 때, 그대는 어떤 것을 준비해야만 한다.

매순간 도전한다. 그대가 알고있는 명상에 대한 지식과 정보들은 자연스러운 명상으로 그대를 안내할 것이다. 고통, 혼돈, 슬픔이 일어나면 지혜롭게 대응하라. 심지어 그런 문제들마저도 친구들이 이야기하거나 놀리는 것도 명상에 도움이 될 수 있다.

명심하라. 만일 그대가 슬기지 않는다면, 어떠한 재미도 얻지 못할 것이다. 우리는 매 상황을 통하여 즐길 수 있으며, 그들의 다른 관점들을 볼 수 있다. 또한, 그대는 예기치 않은 반응을 보일 수도 있다. 이것은 그대가 각각의 상황에 도전할 수 있는 방법이다.

어떠한 문제가 닥쳐도 너무 근심하지 않도록 하라. 우리는 문제를 진압하려고 애를 쓴다. 우리가 그것에 대해 반응하지 않을 때, 그 성질은 사라진다. 만약 우리

가 그렇게 여기지 않았다면, 그것들은 삶에 장애가 되
진 않는다. 우리가 문제들에 밀착해서 따라갈 때, 그것
들에게 어떻게 반응해야 할 지에 대한 선택의 자유는
더 이상 없는 것이다. 그러나 우리가 근심하지 않고 지
혜롭게 해결한다면, 우리는 진정한 승자가 될 것이다.
그리고 각각의 벌어지는 상황을 즐길 수 있다.

우리는 우리의 감정들을 더 예리하고, 더 깊고, 더 명
확하게 이해하는 인식을 가지게 된다. 마침내, 우리는
어려움으로부터 자유로워지기 위해 더 이상 마음의 의
식상태를 조절할 필유가 없다.
고차원적인 단계에서는 우리의 머리(뇌)를 사용할 필요
가 없을 정도로, 오직 발전된 인식만이 있을 뿐이다.
인식의 발전을 위해서, 우리는 길, 지도, 또는 안내가
필요한데, 그것은 오직 우리의 인식만이 우리를 인도할
수 있기 때문이다. 그리고 그 인식의 길을 찾을 수 있
는 방법은 오직 명상을 통한 것이다.
우리가 꿀을 얻기 위해, 꿀벌과 벌집을 가지고 있다하
더라도, 꿀벌에게 일 할 시간을 주어야만 한다. 마찬가
지로 우리는 고요함과 깊은 이완을 통해 명상을 준비
한다. 이것으로부터 자각이 일어나는 것이다.

학　생 : 감정적으로 고통스러운 경험을 가지고 있는 다른 사람
들을 어떻게 도울 수 있습니까?

린포체 : 강렬한 감정을 다루는 것은 쉬운 일이 아니다. 감정은
에너지의 형태를 반영한 것으로 균형과 조화를 유지하
기란 매우 어렵다. 그러므로 그들을 돕기 전에 어떻게
온화하고 자비심 어린 태도를 유지할 것인가가 중요하
다.

사람들이 감정적인 문제들을 쫓아갈 때, 그들은 매우
예민해지고 상처받기 쉬운 상태가 된다. 다시 말해, 숨
어있는 감정을 더 잘 감지하고, 오해로 인해 더 쉽게
상처받는 것이다. 그러므로, 우리가 그들을 돕기를 원
한다면, 자신을 반영하는 에너지에 특별히 마음을 써야
한다. 우리의 의무는 자신과 다른 사람들 모두를 보호
할 수 있는 인식력을 유지하는 것이다.

만일, 우리가 다른 사람을 도우려고 할 때 주의를 기
울이지 않으면, 감정적으로 조화가 이루어지지 않아 오
히려 좋지 못한 결과를 초래할 수 있다.
에너지는 양쪽의 방향으로 작동하는데, 순수한 에너지
로 구성된 감정들은 어떤 에너지라도 흡수하는 경향이
있다. 반면에, 우리가 소유한 에너지는 감정을 휘저어

놓고 부정적인 에너지로 감염시킨다. 그러한 부정적인 에너지는 마치 삶이 자기 것인 양, 더욱 강력해지려는 성질이 있다.

감정은 자아의 목적을 딴 데로 돌리기 위해 구축된 방어수단이다. 감정으로 포장된 자아는 속임수를 쓰고 게임을 즐기는 것처럼, 유지될 수도 있는데, 그러한 자아와 부딪히게 되면 감정은 방어적으로 작용한다.
그러므로 우리는 자연스럽게 감정을 대해야만 하는데, 자아는 그러한 감정 뒤에서 온화하게 행동하며, 사랑과 이해로 부정적인 에너지를 전환시키는 것이다. 그러니 감정의 근원에 기술적으로 접근하지 못하고, 제대로 드러내지 못하면, 그것은 단지 감정을 계속 유지시키는 데에만 일조한 것으로 상황을 더욱 악화시킬 수도 있다.
왜냐하면 감정은 감정을 잘 느끼는 사람들의 감정, 그리고 다른 사람들과의 감정이 공유되는 것으로 더 확대되기 때문이다.

학 생 : 그렇다면 우리는 어떻게 해야 합니까?

린포체 : 자연스러운 과정에서 감정을 다루기 위한 상황을 만들고, 감정의 근원이 밖으로 표출되도록 한다. 그것은 창

조적인 해결방법이며, 더욱 깊이 있는 상황을 만들어
가는 것이다. 이것은, 우리가 도울 수 있는 최고의 방
법이다.

감정은 우리의 삶을 구성하는 많은 요소들과 비교했을
때, 그리 길게 가는 것은 아니다. 그러나 안정된 시간
속에서 편안함을 갖는 것은 진정으로 가치 있는 선물
인 것이다.

학 생 : 우리는 다른 사람의 행복을 위하여 어떤 도움을 줄 수
있습니까?

린포체 : 감정적인 문제들을 공유하려는 것은 문제를 더욱 크게
만드는 것이다. 대신, 문제에 관한 에너지를 그대의
명상으로 이끌어 내도록 하는 것이 좋다.

그대의 마음을 부정적인 것에서 건전한 관점으로 옮겨
가도록 하라. 그것은 자신을 유지할 수 있는 중요한 일
이며, 어려움을 직접적으로 대면하는 것이다.

학 생 : 스승님께서는 명상을 하다가 방해를 받을 때는 어떻게
하시는지 말씀해 주십시오. 제가 명상을 하려고 앉아
있는 동안, 모든 것들이 전체적으로 중단되면, 저는 고
요해집니다. 그러다가도 제 딸이 저에게 다가오면 모든

고요함이 깨지는데, 다시 고요히 앉아 있기가 매우 어렵습니다.

린포체 : 우리가 외부로부터 방해받을 때마다, 그리고 소음이 들릴 때에도 우리는 즉시 방해의 원인이 되는 사물에 초점을 맞춘다. 그러한 사물을 바라보기보다는 경험의 이면을 바라보고, 그것과 접촉한다. 그대는 다시 명상으로 돌아가고 명상은 그대를 제자리로 초대할 것이다. 그리고 나중에는 수행 중에 어떠한 소음에도 방해받지 않을 것이다. 왜냐하면 '어디에서부터'라는 상태는 없기 때문이다.

소음은 방해의 존재가 아니라, 단지 흥미로운 일들이 발생하는 것이다. 심지어 일반적인 일들은 재미있는 관심거리가 된다. 왜냐하면 그것들은 존재하는 것이 아니라 존재 안에 들어있기 때문이다.

학　생 : 가족과 어린아이들로 인하여 유용한 명상의 시간들이 그들 때문에 빼앗기게 됩니다. 스승님은 그럴 때 어떻게 명상을 하시는지요?

린포체 : 그대의 아이들을 명상으로 바라보라.

그대를 포함하고 있는 삶의 모든 것은 명상의 수단이 될 수 있다. 명상은 특별한 시간이나 장소가 필요한 것이 아니다. 어떤 장소, 어떤 시간도 그대에게 명상이 될 수 있다. 명상은 높은 의식수준이다.

어떠한 집착도 없이 오직 그 상황에만 머무는 것이다. 그대의 삶은 기쁘고 안전할 것이다. 왜냐하면 그대는 이미 마음의 고요와 평화를 얻어 부정적인 공간이 사라졌기 때문이다.

학   생 : 시끄러운 곳에서 명상을 할 때, 나는 소음으로부터 방해받고 있다는 사실을 알지만, 무조건 조용한 장소로 피하는 것만이 더 좋은 방법은 아니라고 생각합니다.

린포체 : 주변의 상황들을 제대로 이해하게 되면, 더 이상 다른 장소를 찾을 필요가 없게 된다. 우리가 자신에 대해 알게 되면, 다른 사람들과 나와의 관계의 차원을 넘어 우리를 둘러싼 환경은 조화와 균형을 갖게 된다. 일반적으로, 우리는 다른 사람들을 마치 이방인처럼 여기는데 그것을 변화시킬 수 있다.

학   생 : 어떻게 하면 고통을 제거할 수 있는지 말씀해 주십시오.

린포체 : 그것은 고통을 받아들이는 것이다. 고통이 우리를 괴롭힐 수 없으며, 고통 그 자체가 악한 것은 아니다. 그러

98

나 이러한 태도는 상식적으로 이해하기 어렵다.
우리는 고통을 이겨야 한다고 생각하며, 억지로라도 그
고통에서 벗어나려고 한다. 그러나 고통에 대한 진정한
치료는 고통을 받아들이는 것이다. 결국 고통 속에서
고통을 해결할 수 있다.

학 생 : 고통을 받아들이는 방법으로는 어떠한 것이 있습니까?

린포체 : 우리는 고통으로부터 자신을 분리할 수 있다. 우리는
고통이란 그저 자신이 경험한 일부분이라고 여기면서
방관자가 될 수도 있다 오직 우리가 고통과 동일시 될
때, 자연스럽게 벗어나는 것이다.

학 생 : 고통에 대한 반응을 스스로 볼 수 있습니까?

린포체 : 정확한 질문은 "누가 고통을 경험하고 있는가?"이다.
그것은 아마도 감각, 느낌, 습관, 또는 개념들일 것이
다. 무엇보다도 아무 것에도 관여하지 말고 오직 그대
자신을 지켜본다.

학 생 : 고통을 사라지게 할 수는 없습니까? 만약 그럴 수 없
다면 그 고통이 사라지든 말든 무슨 상관입니까?

린포체 : 그렇다. 우리의 전체적인 태도가 변화하고, 의식수준
또한 달라지게 된다면, 그런 것은 문제가 아니다.
고통이란 원래 사라지는 것이기 때문에 그것은 가능할
것이다. 그러나 우리는 고통이 사라지든 말든 그것은
아무런 문제가 아니라는 태도를 취해야 한다. 무언가를
사라지게 하기 위한 소망이란 없다. 오직 그것을 보라.

학 생 : 만일 고통을 받아들이고 그것을 모두 정확하게 인식한
다면 더 이상 바랄 것은 아무 것도 없게 되는 건가요?

린포체 : 그렇다. 그렇게 되면 두려움도 역시 사라진다. 명상을
하는 사람들은 고통을 받아들일 수 있기 때문에 그런
일이 가능하다. 그리고 명상을 하지 않는 사람이 고통
을 받아들인다는 것은 매우 어려운 일이다.
왜냐하면 그들은 생각, 두려움, 상상, 느낌들이 서로 상
호작용을 하기 때문에 그렇다. 그래서 겉으로는 더 강
해 보이는 것이다.

학 생 : 그러나 우리는 스스로를 보호하고 있다는 생각 때문에
두렵습니다.

린포체 : 그대가 경험을 받아들이는 순간부터 두려움은 사라진
다. 두려움을 받아들이는 것은 보호할 것이 아무 것도

없다는 것이다. 우리는 받아들인 경험을 말할 수는 있
지만, 받아들였다는 사실을 염두에 두지는 말아야 한
다. 만일 그렇지 않으면, 계속적으로 고통과 두려움을
동일시하게 된다.

학 생 : 좌절과 분노와 같은 감정도 받아들일 수 있습니까?

린포체 : 그러한 것들도 역시 매우 강한 감정들이다. 보통 그런
감정들은 부정적인 결과를 가져오지만, 자각의 기초가
되는 확실한 힘을 가지고 있다. 그것을 어떻게 사용해
야 할지 이는 사람들에게 좌절과 분노는 아주 좋은 잠
재력이 된다.
나는 그대에게 분노, 미움, 또는 강한 감정을 불러일으
키라는 것이 아니다. 앞으로 우리는 부정적인 것들을
피하려 하거나 진압할 필요가 없다. 그것은 우리에게
종종 일어나는 것이 아닌가.

학 생 : 만일 스승님께서 최상의 감정을 느끼고 그것이 계속 유
지된다면, 지금 하고있는 것을 인식합니까?

린포체 : 인식하는 것 이상이다. 그대도 어떻게 하는 것인지 알
아야 한다.

학　생 : 어떻게 그러한 감정의 상태를 유지할 수 있나요?

린포체 : 그대 스스로 어떻게 행동하는지 알아야 한다. 또한 그
대는 분노없이 분노하는 방법을 알아야 한다. 다시 말
해 집착 없이 집착하는 것을 알아야 한다. 그것은 단순
하지가 않다. 그리고 그것은 인식하는 것만으로도 되는
것이 아니다.

만약, 한 사람이 로켓을 발사한다고 했을 때, 자신이
무엇을 하고 있는지, 또한 어디로 날아갈 것인지를 정
확히 알고 있어야 한다. 관심만으로는 안 된다는 것이
다. 그렇지 않으면 많은 사람들이 상처를 입게 될 것이
다. 이러한 일에는 큰 책임이 뒤따른다.

나는 감정의 가치에 대해 말하고 있다. 그러나 우리는
오직 영적인 진화와 깨달음을 위해서 그것들을 어떻게
해야할 것인지에 대해서만 알고 있다.

명상자는 심지어 하나의 감정을 어떻게 해야할지 아는
것만으로도, 모든 감정을 초월할 수 있다. 감정을 다룰
수 있다는 것은 자신과 다른 사람들을 도울 수 있는
전문적인 지식이며 숙련된 기술 분야이다.

에너지가 다른 방향에서 나타난다는 것을 깨달으면,
우리는 감정들의 에너지를 수용할 수 있게되며 명상의

상태에서 다른 사람들을 이해할 수 있게 된다.

우리가 부정적인 것과 긍정적인 경험들을 더 이상 분리하지 않을 때, 에너지 안에서 편안해지는 것을 알 수 있다. 이러한 감정들은 반가운 것이다. 왜냐하면 우리는 그것들이 가르치는 것을 이해하기 때문이다.

부정적인 감정들과 명상의 생명력이 세심하게 혼합되면 우리의 인식은 확장될 수 있다. 그것은 어두운 공간에 우리가 보기에 가장 적절한 빛이 드는 것과 같다. 마찬가지로, 우리의 모든 경험은 역동성과 힘을 지니고 있지만, 그것들을 사용하기 전에, 반드시 우리의 인식을 발전시켜야 한다.

점차적으로 우리의 감각이 깨어나고 주의력이 발전되주의력은 자동차의 완충기처럼 우리를 보호할 것이다. 그리고, 마음은 뿌리깊은 고정관념으로부터 자유로워지기 시작하며, 편안함으로 인해 달라진 감각들은 온갖 감정들이 조화롭게 느껴지며 어떤 상황에서도 정확한 인식을 할 수 있게 된다.

이런 방식으로 우리의 모든 부정성들은 점차 전환될 수 있으며, 인식의 한 부분이라는 것을 이해하게 된다. 어떤 것도 무시하거나 부정할 이유가 없다. 공작새들은 어떠한 독을 먹어도 해가 되지 않는 것처럼, 깨달은 사람들은 어떠한 종류의 에너지도 다룰 수 있는 것이다.

깨달음의 요지는, 오직 한 방향으로 흐르는 것이다. 그것은 혼돈을 명확함으로, 어둠을 빛으로 만든다. 이러한 이유로, 불교에서는 자비심과 분노, 그 양쪽을 모두 같은 형태로 정의한다.
감정의 내면을 통하여, 삶은 안락해진다. 이전에 거대한 파도처럼 보이던 장애도 이제는 단지 잔잔한 물결로 보일 것이다. 우리는 명백하게 해야할 것을 선택할 능력이 있다.
해야할 것이 무엇이든지 그것을 앞뒤로 자유롭게 방향을 바꾸면서 분노할 수도, 혼동할 수도, 즐거워 할 수도 있는 것이다. 이것이야말로 우리의 세계를 구체화하는 진정한 창조이다. 이러한 배경으로 모든 경험은 깨달음의 한 부분이 되는 것이다.

우리는 아름다운 통합을 이룰 수 있다. 그리고 우리는 내면의 근심들로부터 자유로울 것이다. 내적으로 평화롭다는 것이 가장 큰 자유가 아닌가.

자유를 통해 즐거워지기 시작하면, 우리의 태도는 자신으로 향하며 경험도 변화한다. 또한 다른 사람들에 대한 이해와 소통이 확장되며, 세상의 평화와 조화를 위한 분위기를 조금씩 만들어 나갈 수 있을 것이다.

우리의 마음은 자유로울 뿐만 아니라, 다른 사람들에
대한 사랑과 자비심을 경험하게 한다. 이것은 매우 중
요한 단계이며, 개방된 마음은 영적인 성장에 있어서
가장 기본적인 것이다. 부정적으로 보여지는 모든 것들
이 어떠한 작용을 하는지 알게 되면, 우리의 내면적인
환경을 알 수가 있다.

우리의 경험이 많은 의미를 지닐수록, 우리는 스스로
를 가르치고 돌보게 된다. 우리가 자신이 본성을 수용
하고, 자신을 알고, 자신의 마음을 깨닫는 것으로 자유
는 뿌리내리며, 우리는 한 쪽으로 치우치지 않는 중용
의 길을 찾을 수 있다. 우리가 집착과 혐오감에서 벗어
나게 되면, 부정적으로 보이는 모든 것은 깨달음의 길
로 통하게 된다.

유혹과 욕망

세상은 대단히 매혹적인 곳이다. 그곳은 아름다움으로 가득 차 있으며, 놀라운 사건, 거부할 수 없는 온갖 종류의 매력적인 것들이 늘 우리 가까이에 있다. 하지만 이러한 매력적인 것들은 항상 우리의 마음속에 존재하는 것이지, 어떠한 작은 만족감도 저절로 찾아오지 않는다.

우리는 작은 새처럼 항상 입을 벌리고 배고파한다. 그리고 배고픔은 계속된다. 이러한 과정이 지속되면, 우리는 늘 아무 것도 이루지 못하게 되고, 불만족만 쌓여간다.

배고픔의 연속으로 우리는 누군가가 갖고있는 것에 집착하게 되며, 소모적인 일이라 할지라도 전력투구하여 쫓아간다. 우리의 지치고 빗나간 마음은 가치 있는 일을 성취할 진정한 기회를 잃게된다. 그리고는 우리의 감각으로부터, 우리의 느낌과 감성이 자연스럽게 흐를 수 있는 풍요로운 상태를 그리워한다.

이것은 우리가 경험한 상황에 초점을 맞춘 것이라고 하기보다는, 그러한 경험으로부터 충족되지 못한 것에 생각의 초점을 맞춘 것이다. 우리가 이러한 상황에 대해 인식하는 것은 정신적으로 약간의 진보를 했다고 볼 수 있다. 그것은 유혹의 감정을 이끌어 욕망으로 다가가는 것이며, 불만족스러운 것을 이끌어 발돋움하려는 것이다.

우리를 유혹하는 것들은 궁극적인 성취감을 가져다 주지 않으며 실질적으로 현실적이지 못하다. 그렇기 때문에 세상은 늘 우리를 매혹의 길로 유인한다. 그 매혹적인 것들은 무지개를 쫓는 것과 같으며 우리 앞에 계속된다. 그러나 결국 무지개는 잡히지 않는다. 그리고 우리가 그 무지개를 쫓아갈수록 좌절과 갈등만 더 할 것이다.

우리는 늘 즐겁고 만족스러운 것에 초점을 맞추지만, 이러한 목적에 도달하기 위해 우리가 시도한 것들은 거의 그것과 반대되는 결과를 가져온다. 우리의 마음은 이 생각에서 저 생각으로 넘나들면서 과거를 회상하게 하며 미래로 뛰어넘어 또 다른 매혹적인 일에 머물게 된다. 또한, 우리의 마음은 성취감을 맛본 상태에서는 경험의 중심으로 여간해서 들어오지 못한다.

이런 저런 상상들이 계속됨으로써, 우리의 마음은 상상과 생각들이 끊임없이 만들어지는 곳으로 보여진다. 이러한 부분은 '지닐 것'과 할 것'에 대한 명확한 자신의 감각을 확립시키는 중요한 요소이다. 명상에 있어서 우리는 어떤 것도 '하지 말 것'을 시도할 때, 동일한 과정이 발생되면서 유지된다.

그러나 명상을 할 때, 이러한 과정은 너무나 섬세해서 우리는 종종 그러한 생각들이 일어나고 있다는 것을 인식하지 못한다. 그러므로 우리는 어떤 기대감을 갖지 않거나, 명상에 관한 생각들을 하지 않으려고 할 것이다. 그러나 우리에게 무슨 일이 일어날 때는 그것을 기다리거나 성급해 하는 성향을 숨기려고 한다.

이러한 느낌은 우리의 의식 안에 파도처럼 일렁이는 매혹적인 기대감의 무의식적인 자극이 생기기 전에는 아무런 힘이 없다. 또한, 느낌이 더 강해지는 것은 가장 빠르고 강력한 파장이며, 그것은 빨라진 성질이 긴장한 것이다. 이것은 좌절과 열망의 긴장감을 빠르게 이끈다.

첫 번째로 우리의 명상은 '할 것'을 요구하는 자아의 감각을 녹이기 시작한다. 그러나 마음은 보상심리로 인해 상상들의 뒤를 쫓아간다. 생각들과 상상들의 흐름이 더욱 악화되면서, 열망은

커지기 시작한다. 그리고 우리가 이것을 '하고있는' 성질이 포함
되자마자, 우리는 상상들, 언어, 개념, 자아, 사물들과 접촉되어야
한다고 느낀다. 이러한 요구는 더욱더 강해진다. 모든 것은 너무
빠르게 일어나서 우리는 그것에 대해 생각할 시간조차도 없다.
왜냐하면 우리의 기대감과 욕망에 잠재한 강력한 에너지가 너무
많이 옮겨 다니기 때문이다.

　편안함은 이렇게 긴장 되어있는 우리의 감정을 완화할 수 있
다. 우리는 마음을 이완하고, 생각들은 진정시키고, 기대감에 대
한 깊은 느낌을 풀어줄 다른 바탕을 만들어야 한다. 마음과 생각
이 진정되면 몸은 어느새 고요하고 편안하게 안정이 된다. 그리
고 욕망의 파도는 잔물결처럼 가라앉는다.

　그러므로 명상을 통해서 우리는 자신의 생각을 세밀하게 지켜
볼 수 있다. 그것들을 온전하게 보라. 욕망은 파도를 일으킨다.
그것이 어떻게 나타나는지 관찰 해 보라. 매혹적인 본성으로 인
해 그것들은 다양하게 반짝거리는 색들을 지니고 있다.

　덕이 있는 명상자는 매혹적인 것이 순간적으로 우리를 잃게
하는 이유를 그들이 이해할 때까지 파도가 높아지는 것을 관찰
한다. 그들은 우리의 정신을 쉽게 잃게 하는 아름다운 상상과 흥

미 있는 상상들이 무엇인지 안다.

우리는 생각들과 상상들이 오가는 인식이 발전되는 것으로 인해 유혹과 욕망의 순환을 바꿀 수 있다. 각각의 생각을 확장시키고, 느낌을 더 깊은 차원으로 옮김으로서 우리는 욕망에 굴복하는 것을 피할 수 있다. 우리의 인식은 어떤 것을 하기 위해 움직이기를 원한다.

우리는 편안함과 우리의 인식을 유지시키는 명상을 통하여 '하는 것' 안에서 존재를 털어 버리는 것으로부터 스스로를 지킬 수 있다. 우리가 조화로움과 진정한 명상을 유지한다면 유혹적인 일들과 욕망, 그리고 개인적인 생각들이 일어날 때에도, 그것들의 힘은 발휘하지 못할 것이다.

욕망과 유혹으로부터 스스로 자유로워지면, 우리가 깨어날 수 있는 기회는 매순간 올 것이며, 우리를 억압하는 고정관념을 깨고, 에너지가 풀리면서, 본질적인 자유로운 마음으로부터 오는 만족감과 풍요로움의 원천을 찾을 수 있다.

제3장 실재와 환상

제3장 실재와 환상

실재(實在)와 환상(幻想)

일반적인 관점으로, 우리가 경험하고 있는 이 세계가 현실이다. 실제로 토끼 한 마리가 마술을 부리는 것 같은 환상이 현실이 아니라는 것은 확실하다. 하지만 우리는 현실 속에서 우리의 세상과 우리의 경험이 마치 영속적으로 지속될 것처럼 간주할 때가 많다. 이러한 억측으로, 우리는 세상의 법칙이라고 말하는 것들에 서로 동의하고, 그것이 진실이라는 이치를 부여한다.

그러나 실제로, 각기 다른 존재의 모든 관점들은 한 사람마다 매순간 변화하며, 덧없이 흘러만 간다. 긴 시간이 흐르면 세상에 남아있는 것은 아무 것도 없을 것이다. 지속적으로 유지되는 현실은 없다. 그리고 우리가 보존하려고 하는 그 무엇도 언젠가는 변할 것이다.

우리에게 경험이 일어나자마자, 그것은 이미 지난 일이 되어 버린다. 그러나, 우리는 이렇게 변화하는 과정이 계속된다는 것을 단지 모호하게 감지할 뿐이다. 많은 변화들은 서서히 일어나며 또한 전혀 일어나지는 않는 것처럼 보인다. 우리는 종종 그 결과를 갑자기 알게될 때까지 그 과정을 알지 못한다.

예를 들어, 우리의 어린 시절을 되돌아보면, 육체적으로든 정신적으로든 지금은 그때와 전혀 같지 않다는 사실을 알 수 있다. 그러나 우리는 여전히 어린 시절의 모습 또한 자신의 존재라고 생각한다.

세월의 무상함을 더욱 명확하게 이해하기 위해, 우리의 삶은 꿈과 같다고 생각하기도 한다. 우리가 꿈을 꿀 때 경험하는 것은 마치 사실처럼 느껴진다.

꿈에, 우리는 친구들과 함께 음악을 들으면서 서로 감동을 주고받으며 시간을 보낸다. 그리고 우리가 꿈에서 깼을 때, 우리가 경험한 것은 사실이 아니라는 것을 알게 된다.

마음의 장(場)은 우리가 꿈속에 있을 때, 모든 상상과 모든 행동과 모든 언어를 허용한다. 마찬가지로 깨어있을 때에도 마음은 우리의 변화, 생각, 느낌, 지각력들을 지지하고 주도한다. 그 결과는 사실처럼 보이는 우리의 일반적인 경험으로 인지력을 구성한다. 그러나, 우리의 경험을 뒤돌아보면, 그것은 그저 덧없는 생각과 인상으로 구성된 것일 뿐이다.

실제로 모든 경험이 현실화되는 것은 무상한 것이며, 우리가 추구하는 것은 무엇이든지 사라져버린다는 사실은, 매우 무섭고 두렵기까지 하다.

변화는 당혹스러우며, 끝없는 변화에 대한 근심은 생각보다 더 많은 장애가 된다. 우리는 적어도 우리가 의지할 수 있는 어떤 것이 부분적으로나마 견고하고 안정된 세상을 원한다. 그러나 우리의 어떤 부분이 명확하고 투명한 것인지 알지 못하며, 그것은 실제로 막대한 지장을 초래한다. 무상함은 전혀 두려운 것이 아니며, 오히려 숨겨진 세계를 열어주는 것이다.

한 작은 연못에 사는 개구리에 대한 이야기가 있다. 그 개구리는 한번도 다른 곳에 가 본적이 없었기 때문에, 늘 자기의 연못이 세상의 전부라고 생각했다. 그러던 어느 날, 바다거북이가 그 연못에 와서는, 개구리에게 자신은 바다에서 왔노라고 말했다. 그러나 개구리는 바다에 대해서 들어본 적이 없었기에 그

것이 자기의 연못 같은 것이냐고 물었다.

"아니. 그 곳은 아주 크단다."

바다거북이 대답했다.

"그럼, 이 연못 보다 세 배정도 되나?"

개구리가 물었다.

바다거북은 개구리가 듣고 싶어하지 않는데도, 바다가 얼마나 거대한 것인지에 대한 설명을 열심히 하였다. 개구리는 바다라는 장소를 생각하는 것조차도 너무 두려워, 끝내 궁금증을 포기해 버렸다.

우리도 이와 같이 개구리처럼, 오직 자신과 접한 세계만 믿고 바라보기 때문에 우리의 범위를 한정짓는다. 마음속에 자리잡은 신념의 체계는 진실함을 통해 일반적인 의식의 기초를 이루고, 하나의 신념체계가 생각과 관념의 범주에 명확히 속해있는 한, 우리는 실질적으로 지식의 유용함을 발휘할 것이다.

그러므로, 모든 가능성을 드러내기 위해서, 우리는 일반적인 의식수준을 넘어 직접적인 경험의 범주로 들어가는 방법을 터득해야만 한다. 우리의 마음은 고정관념과 그동안 우리가 받아왔던 교육을 통해 추상적인 관념을 따라간다. 또한, 그것을 초월함에 있어서도 우리는 여전히 우리의 의식수준 전 단계에 머물러 있다.

우리가 이런 식으로 우리의 생각들을 계속해서 따라가는 동안은, 고정관념들은 한정된 의식수준에 머물게 된다.

명상을 통하여, 우리는 모든 존재의 본성이 변화한다는 것을 이해할 수 있으며 새로운 시야가 열릴 것이다. 현실적인 것은, 언제나 변하고 있는 세상이 바로 본질적인 자각의 실현이라는 것이다.

자각은 완전한 형태를 지니고 있는 모든 것에 스며들어 있다. 우리의 관점이 열리고, 더욱 인식이 발전되면, 매순간 존재의 신선함을 가져다주는 광활한 미지의 세계를 찾아갈 것이다.

우리가 수영을 배울 때, 물 속에 무언가를 미친 듯이 잡으려고 하면 물은 우리를 계속해서 힘겹게만 할 것이다. 그러나 우리가 저항하지 않고 몸을 편안하게 두면 물은 우리를 물위로 둥실둥실 띄울 것이다.

우리가 아둔함, 혼돈, 환상에 빠져 있음에도 불구하고, 전환된 관점과 새로운 자유와 인식으로 세상을 볼 수 있을 때, 우리의 경험은 새로운 의미를 갖는다.

이러한 과정 중에 장해가 있다하더라도, 우리는 우리의 경험이 주는 진정한 안정과 자유를 어떻게 흐르게 할지 배울 수 있으며, 존재의 변화를 찾을 때, 세상의 낡은 통념들은 위축된 것처럼 보일 것이다.

세상은 우리에게 생명력이 넘치는 존재로 다시금 찾아올 것이
며, 다가온 새로운 현실은 불사조와 같이 영원할 것이다.

꿈의 융단을 움직이기

꿈은 지식과 경험의 저장소이다. 그러나 그것은 현실을 탐험하기 위한 도구로 종종 이용된다. 꿈을 꿀 때, 우리의 몸은 휴식의 상태에 있지만 우리는 듣고, 움직이고 배울 수도 있다는 것을 알 수 있다. 우리가 꿈의 상태를 잘 이용하면, 우리의 삶은 마치 두 배로 사는 즐거움을 맛볼 것이다.

예전에, 우리가 갓난아이였을 때의, 꿈같이 어렴풋한 생각들은 삶의 자연스러운 부분이라 여기며, 우리는 꿈의 상태와 깨어있을 때의 사물들을 억지로 구별하지 않았다. 그러나 점점 자라면서 우리의 경험은 '이런 것'이라고 확정해버리는 일련의 상징들을 배우기 시작한다. 그리고 만일 우리가 경험한 것에 대해 관습적인 방식으로 대하지 않으면, 우리가 사는 데에 어려움을 겪게 된다는 것을 알게된다.

육체적으로나 정신적으로 인식능력이 발달될수록, 점점 더 '깨어있는 것'과 '꿈꾸는 것'을 양분화 시킨다. 우리는 꿈에서 일어난 일들은 현실과 무관하다고 생각하기 때문에, 아침이면 지난밤에 자신이게 일어난 일을 기억하려하지 않는다. 또한, 점점 꿈을 꾸는 상태가 어떤 것인지에 대해 그 감각을 잃어감으로서 아주 특별한 경우를 제외하고는 대부분의 꿈은 곧 잊어버린다.

우리가 존재하기 이전의 카르마의 방식들은, 우리의 출생과 의식에 대해 매우 명확하다. 이러한 명확성은 우리가 잠에서 깨어있을 때는, 잘 드러나지 않게 되며, 대신에 매순간 자신의 의식을 모아서 관념과 생각들을 되돌리며 자신을 확인한다.

우리는 이러한 정보를 알고 있거나 적어도 정보를 모으고 있다고 생각하며, 또한 그것들이 축적되고 있다고 여긴다. 그러나 실제로, 자신의 삶을 오직 재현되고 있는 것이며, 그 과정은 영속적이다. 이러한 과정은 우리의 꿈속에서도 벌어지고 있는데, 우리는 꿈속에서 자신의 고정관념들과 일상적인 개념들에게 작별을 고하고, 마치 날아다니는 융단처럼 인생 전체를 경험하며 다닌다.

124

우리는 경험한 것들을 정의 내리고 판단하면서 삶이 너무나 복잡해졌고, 우리 내부의 명확한 의식은 전체적으로 불명료해졌다. 그러나 이러한 불명료함을 완전히 제거하는 일은 가능하다. 판단은 의식의 깊은 단계 이전에 형성된 것이기 때문에 우리가 이러한 외부적인 것들을 꿰뚫는다면 우리는 판단을 내리거나 한정된 범주를 넘어 진정한 경험들을 바로 접하게 된다.

일반적인 의식의 수단들은 우리의 경험의 표면적인 단계에 불과하기 때문에, 불명료함을 완전히 제거할 수 없다. 그러나 우리는 꿈의 상태를 이용할 수 있다. 여러 가지 면에서 꿈의 상태는 깨어있을 때와 유사한 것이 많기는 하지만 꿈의 상태가 깨어있는 상태 보다 훨씬 더 유연하다.

우리는 꿈에서 우리의 관념들을 교묘히 다룰 수 있으며, 꿈속에서의 상황들이 변하는 것을 보면서, 현실에서도 상황이 변할 수 있다는 것을 암시적으로 알 수 있다. 꿈에서는 생각의 방식이 단순하게 고정되지 않는데, 그것은 우리에게 수집된 생각들이 내면을 인식하는 방향으로 직접 흐르기 때문이다.

학 생 : 이따금 제가 침대에 누워있다는 것을 자각할 때, '내가 꿈꾸고 있다'는 것을 느끼곤 합니다. 어떻게 그리고 왜 그런 일이 일어나는 겁니까?

린포체 : 꿈꾸는 상태에서는 몇 가지의 방향이나 몇 가지의 차원들을 동시에 보는 것이 가능하다. 깨어있는 상태에 있는 동안은 '현실'과 '가능성'이라는 개념 때문에 모든 상황이 한정되는데, 잠자는 상태에서는 모든 상황이 자유롭고, 자연스럽게 개방된다.

이것은 꿈이 인식의 발전을 도모하는데 있어서 중요한 요인이 될 수 있다는 것이다. 꿈꾸는 동안 깨닫는 것, 그것은 꿈이 우리에게 줄 수 있는 가장 큰 선물이다. 실제로 우리는 꿈을 형성하기 위해 이러한 지식을 이용할 수 있다.

심지어 우리는 깨어있는 상태에서도 꿈의 형상을 만들 수 있다. 숙련된 요가 수행자들은 꿈속에서는 어떠한 것도 할 수 있다. 그들은 용이나 신비로운 새가 될 수 있으며, 커지거나 작아지거나 사라질 수도 있으며, 어린 시절로 되돌아갈 수도 있으며, 공간을 통해 날아갈 수도 있다.

10세기 말, 인도에는 아티샤(Atisha)라고 하는 스승이 있었는데, 그의 가르침을 듣고자 티벳에서 그를 초청했다. 학생들은 그에게 티벳의 문화와 언어를 모르는 상태에서 어떻게 현실의 세계를 넘나드는지를 질문했다. 그는 자신의 꿈을 통해서 티벳 사람들에게 나타날 수 있으며, 가르칠 수도 있다고 대답했다. 모든 문화에 있어서 꿈의 언어는 동일하다.

일반적으로 우리는 깨어있는 상태와 의식상태를 비교하며, 꿈꾸는 상태와 무의식적인 상태를 비교한다. 그러나 그 양쪽의 상태에서 생각하는 과정은 동일하다. 모든 존재기 꿈과 같다는 것을 깨닫는다면, 잠을 자는 것과 깨어있는 것의 차이가 더 이상 존재하지 않는다. 우리가 꿈꾸는 동안 얻은 경험들을 낮 시간으로 옮겨와서 다시 경험 할 수 있다.

예를 들어, 우리는 꿈속에서 느꼈던 두려움에 관한 상상들을 평화로운 모습으로 바꿀 수 있다. 동일한 과정으로, 꿈속의 부정적인 감정들을 전환하여 낮 시간 동안 확장된 인식으로 느낀다. 그러므로 우리는 꿈에서 경험한 것들을 더욱 유연한 자세로 발전시킬 수 있다.

학 생 : 괴로운 꿈을 꾸고 나면 저는 전체적으로 몸에 영향을

받습니다. 꿈을 꾼 것이, 깨어있는 상태로 너무 강하게 옮겨진 것 같습니다.

린포체 : 그대는 꿈의 본질에 대해 더욱 이해하면, 괴로움은 줄어들 것이다. 유쾌함과 불쾌함의 차이점은 실제로 크지 않다. 꿈에서 나는 아름다운 얼굴이나 무시무시한 얼굴을 모두 볼 수 있다. 그들은 각기 다른 인상들일 뿐이며, 단지 얼굴일 뿐이다.

일반적으로 이해하기로는 현실만이 존재하는 것이며, 그것은 반드시 위치가 확정되어야 한다. 그러나 우리는 점점 현실을 소유하고 싶어하며 우리의 방식대로 이끌어나가려고 한다.

현실은 고정된 것이 아니어서 모든 것들이 상호작용하며, 스며들 수 있다. 단 하나의 현실이란 없다. 모든 상황이 우리가 생각했던 만큼 굳어진 것이 아니라는 것을 깨달으면, 우리의 삶을 향한 심각성과 긴장감은 해소되기 시작한다.

모든 경험들이 꿈처럼 존재한다는 생각도 유용한 것이다. 그런 다음, 자신에 대한 고정관념들을 상자에 담아 내다버려라. 우리는 자신에 대해 융통성을 갖게될 것이고 모든 문제들도 가벼워질 것이다. 그리고 동시에, 의식을 발전시키는 차원 또한 더 깊어질 것이다.

학 생 : 스승님의 말씀의 요지가 저에게는 비교적 쉽게 들립니
다. 꿈꾸는 상태와 깨어있는 상태, 모두를 꿈으로 인식
한다는 것 말입니다. 그러나 잠자거나 깨어있을 때에도
저는 여전히 에고(ego)《개인적인 자아》에 대한 감각을
가지고 있습니다. 잠시동안도 삶을 제외시킬 수가 없으
며, 내가 아는 사람과 알고있는 정보는 분리되어 유지
되고, 제 자신에 대한 감각도 강렬하게 남아있으며, 그
것을 꿰뚫기가 매우 어렵습니다. 모든 것을 꿈처럼 여
기는 것은 저에게 쉬운 일이지만, 저 자신을 꿈으로 보
는 것은 아직 어렵습니다.

린포체 : 에고(ego)로부터 자유롭게 된다는 것은 어려운 일이다.
그러나, 우리가 진정으로 모든 것이 꿈과 같다는 것을
깨닫는다면, 에고는 자연스럽게 변한다. 우리가 가지고
있는 관념 속의 에고와 싸울 필요가 없다.

학 생 : 모든 것이 꿈이라는 것을 알게되면, 에고는 우리가 선
택한 것들을 무엇이든지 만끽하고, 즐길 수 있을 것 같
습니다.

린포체 : 우리가 진정으로 그것을 깨닫게 되면, 에고는 더 이상
행위하지 않는다. 우리는 에너지 그 자체가 되며, 무엇
을 즐기든 그것은 개인적인 것이 아니다.

우리가 에고를 강박하여 구속하지 않게 되면, 우리의
에너지는 햇빛처럼 활력에 넘치고 예리해지는데, 그것
이 너무나 빛나기 때문에 그대는 직접 볼 수가 없다.
감정이 일어나는 순간, 그것은 우리의 몸보다 더 크게,
산보다도 더 크게, 대지 전체보다 더 크게, 모든 공간
에까지 이르러 확장될 수 있다.
그것은 너무도 거대해서 모든 상상과 마음을 초월한다.
그러한 경험은 경험자와 합일(合一)되는 것이며, 전체
적인 확장이며, 전체적인 드러남이다. 전체적인 통찰력
은 우리의 생각과 물질과 행동을 초월한다.

학 생 : 스승님, 저는 명상을 하고 있다는 것을 인식하며, 꿈속
에서의 경험을 더 많이 기억할 수 있습니다.

린포체 : 그대의 명상이 고요하고 깊어졌기 때문이다. 우리의 기
억은 늘 우리와 함께 있으며, 고요함은 우리가 알고 있
는 것보다 더 많은 것을 가능하게 한다.
우리는 명상을 할 때, 마음이 비웠다고 생각할 것이다.
그러나 우리의 마음은 점점 더 명확해져 갈 뿐이다. 우
리의 마음이 안정될수록 표면적인 것 이면에 있는 것
을 더 명확하게 볼 수 있다.

학　생 : 생각이 시작되는 것을 느낄 수 있는 것처럼 꿈이 시작
하는 것을 볼 수 있습니까?

린포체 : 그렇다, 거기에는 유사성이 있다. 오히려 우리가 세심
하게 보려고 할수록, 꿈이 시작하고 있는 것이나 꿈이
끝나는 것을 찾아보기 어렵다. 이것은 생각의 시작을
잡으려는 것이나 생각의 끝을 잡으려는 것은 같은 것
이다.

학　생 : 저는 잠들거나 잠에서 깨어날 때를 감지합니다. 깨어있
을 때는, 왼쪽 발로 어떤 것을 딛고 있는 것과 같고
잠들어 있을 때는, 오른쪽 발이 또 다른 것을 딛고 있
는 것 같습니다.

린포체 : 우리는 깨어있을 때와 꿈꾸고 있을 때 동일한 마음을
가지고 있다. 꿈은 우리의 삶의 한 부분이다.

학　생 : 어떤 사람과의 관계에 있어, 깨어있는 현실에서는 그
사람이 어떻게 반응하는지 느껴집니다. 그러나, 꿈에
서도 누군가가 거기에 있는 겁니까?

린포체 : 예를 들어, 두 사람이 있다. 이들은 꿈에서도 지금과
같이 대화를 할 수 있는지에 대해 이야기하고 있다.

한 사람이 말한다.

"만일 당신이 내 꿈으로 들어온다면, 나는 우리가 지금 말하는 것과 같은 방식으로 당신에게 말할 것이다."

이것은 실제로 가능한 것이지만, 나는 그대가 꿈꾸는 상태와 깨어있는 상태가 정확하게 같아지도록 느끼는 것을 원하지 않는다. 나는 철학적으로 어떤 것을 말할 수 있으며, 그것을 지적인 감각으로 만들 수도 있다. 그러나 실질적으로 우리는 이 상태가 깨어있는 것과 동일한 상태라고 말할 수 없다.

학 생 : 만일 제가 죽은 친구와 대화를 한다면, 나는 그에 대한 꿈을 꾸고 있는 것입니까? 아니면 실제로 그와 대화하고 있는 것입니까?

린포체 : 꿈의 단계에서 대화하고 있는 것이다. 그대의 친구가 죽었을 때, 그대는 그것을 사실로 받아들인다. 그대가 그 친구와 대화할 때는 꿈속이지만, 그 또한 현실이다. 경험은 존재하는 것이다. 우리가 '이것은 현실이고, 저것은 현실이 아니다'라고 규정하는 것은 우리의 경험이 결정되는 것이다. 그렇다면 그대의 꿈이 경험인가, 아닌가?

학　생 : 그러나 그 (죽은)친구 또한 저와 같은 경험을 한 것 아
닙니까?

린포체 : 우리는 누군가가 우리와 동일한 경험을 하고 있는지
알지 못한다. 그것은 결론짓기 어려운 일이다. 그대의
친구는 경험을 하고 있지만, 그것은 그대와 같은 경험
은 아니다. 그대의 ‘나는 실제이다’의 느낌은 그에 대한
경험보다 다른 어떤 것이 있는 것 아닌가?

학　생 : 제가 겪은 두 가지의 사실(경험)들은 하나입니다. 어떤
현실 안에서는 분리되는 것이며, 또 다른 현실 안에 있
는 동안은 그것들이 분리되지 않습니다. 스승님께서 말
씀하시는 것이 이러한 것입니까? 또한 이러한 현상은
자력(自力)이 있는 것과 자력이 없는 것이 있습니다.

린포체 : 실제에 대한 본질을 이해하기 위해서는 그 의미를 신
중하게 다룰 필요가 있으며, 그것은 종종 혼란스러울
수 있다. 나에 대한 진실이 반드시 누군가에게 진실이
될 수 없다. 그러나, 우리는 모든 것을 관습적인 사실
로 인정한다. 이러한 개념을 ‘테이블(table)’에 비유하겠
다. 그대들이 테이블이라는 개념적인 의미를 받아들이
는 것이 무리가 없을 것으로 보인다.

학　생 : 만일 제가 그것은 테이블이 아니라고 생각한다면, 그것
은 누군가의 다른 개념으로 바뀔 수 있습니까?

린포체 : 우리 모두가 테이블이라고 믿는 동안은 바뀌지 않는다.

학　생 : 만일 저의 명상이 완벽하다면, 밤이나 낮이나 잠들어
있거나 깨어 있는 동안, 명상으로 인해 제 삶의 모든
것을 알 수가 있다는 의미입니까?

린포체 : 꿈을 배우려는 목적은, 현실과 비현실 세계에서 고통과
기쁨을 통해 경험한 것들을 구별하는 것이 실제로 근
거가 없음을 깨우치도록 하는 것이다.
우리의 전체적인 경험은 하나의 꿈이고 그 하나의 꿈
은 단지 우리가 잠잘 때 경험하는 것만이 아니다.

학　생 : 이러한 것들을 시도하려는 저의 목적은 고통을 멈추게
하기 위한 것입니다. 깨어있는 동안에도 어떻게 하면
고통을 멈추게 할 수 있습니까? 잠잘 때와 꿈꿀 때 그
리고 깨어있을 때, 언제 그러한 것들은 작용합니까?

린포체 : 그런데 그대의 질문에서 '깨어있다'는 것의 실제의미가
무엇인지 아는가?

136

학 생 : 글쎄요, 단순하게 우리의 눈이 떠져 있는 것 아닌가요?

린포체 : 그렇다. 그러나 그것만으로는 충분한 설명이 되지 못한
다. 사람의 의식은 하나의 꿈과 같다. 그러나 꿈은 실
제로 근원적인 이유 없이 단순하게 나타났다가 동시에
사라지곤 한다. 심지어 꿈을 경험하더라도 실제로 나에
게 일어나는 것은 아무 것도 없다.

학 생 : 그러나 스승님, 의식은 일어나고 있습니다.

린포체 : 아니다. 의식은 하나의 꿈과 같다.
우리는 정확하게 말할 수 없지만 꿈은 의식의 본질과
매우 가깝다. 문제는 꿈과 현실의 실제적인 단계 사이
에 만들어지는 차이를 이끌어 낼 수 없다는 것이다. 그
러나 만일 우리가 아주 조심스럽게 접근하려한다면, 이
두 가지가 매우 밀접하다는 것을 알아야 한다.

한밤중 꿈에서 어떤 것이 나타나면, 실제로 나타나는
것은 아무런 실체가 없는 그 자체뿐이다. 그렇게 나타
나는 것은 볼 수가 없다. 이렇게 그림, 상상, 꿈과 같은
것들은 실제 하지 않는다. 그러므로 우리가 보고있는
것은 실제 하지 않는다는 것이다.

깨달음이 더욱 깊어질수록, 우리의 삶은 경험으로 가

131

득 차고 윤택해진다. 꿈꾸는 본성을 더욱 깊이 이해함
으로서, 꿈에 속해있는 현실과 더욱 밀접해질 수 있다.
우리가 꿈에 대해 잘 알게 되면 그것들을 텔레비전을
작동하듯이 쉽게 느껴질 것이다. 이러한 지식은 우리가
깨어있는 현실에서 생각의 방식을 전환시키는데 사용
될 수 있다. 한 예로, 우리는 어린아이를 용으로 변화
시킬 수 있는 것처럼 말이다.

학 생 : 그러나 스승님께서는 누구든 이러한 사실을 믿도록 할
수는 없습니다.

린포체 : 그렇지 않다. 그것은 개인적인 현실이다. 우리는 일반
적으로 각각 다른 사람의 꿈들을 알 수는 없다. 하지만
우리가 꿈을 꾸고 있을 때, 그 세계는 전체적인 의식의
세계이다. 동시에 우리는 우리가 얼마나 그것을 잘 다
루고, 정화하고, 초월할지 또, 얼마나 많이 즐길 수 있
는지 알 수 있다.
우리는 점점 다른 사람들이 상상한 만큼의 수용능력을
지니며 자신을 반영한 타인의 존재들을 깨닫는다. 그
렇게 되면, 우리 스스로 더 많이 변화하는 것을 알 수
있다. 또한, 영적으로 발전하면서 주변 사람들의 꿈을
함께 공유할 수도 있다.

학 생 : 지난 밤 저는 광활한 들판에 서 있는 꿈을 꾸었습니다. 그 곳에 가만히 서 있었는데, 아무런 힘을 가하지 않은 상태에서 풀이 무성한 흙 길로 미끄러져 갔습니다. 한 번도 그렇게 해본 적이 없었기 때문에 그것은 저에게 놀랍고도 즐거운 경험이었습니다.

린포체 : 그대의 꿈에 반영된 현상들은 시간의 속박과 현실적인 것과 비현실적인 범주로부터의 자유이다. 잠자는 상태와 깨어있는 상태, 양쪽은 모두 거울과도 같다.

그대가 그대의 얼굴을 거울로 비춰 보고 있을 때, 거울 속에 비취진 그대이 얼굴은 꿈이다. 하지만 현실세계에서는 그 꿈 자체만으로는 뒷받침 할만한 근거가 없으며 물거품과도 같다.

지난 밤, 그대가 꿈속에서 상상한 것들은 과연 어디에서 있었는가? 그리고 그것들이 이내 사라지지는 않았었나?

학 생 : 저는 어제 집에서 꿈속에서 상상한 것들에 대해서 다시한번 인식하려고 하자, 그것들은 이내 사라져 버렸습니다. 분명히 두 가지의 꿈을 꾸었는데, 한 가지는 잠들었을 때, 꾼 것이고 다른 하나는 휴식을 취할 때, 계속 이어졌습니다.

그 두 가지의 양상이 동일한 것입니까?

린포체 : 같은 방식이라고 생각하면 그것들은 같은 것이다. 또한, 같은 방식이 아니라고 생각한다면 다른 것이다. 간단하게 삶에서는 두 가지 경험의 종류가 있는데, 그것은 깨어있는 상태와 꿈꾸는 상태이다. 한 개의 지점인 것 같지만 아무래도 그것은 양면성을 지니고 있다.

만일, 우리가 꿈이 더 이상 환상이 아니고 깨어있을 때처럼 확실해지기를 원한다면, 잠들지 말고 꿈꾸고 있는 때의 시간을 기억하라.

우리가 갑자기 깨닫게 되면 우리는 어디에든 있겠지만 그대가 어떻게 거기에 있게되었는지는 알 수 없다. 또한, 환상에서의 상상들은 그대를 웃거나 울게 할 것이다.

이러한 상상들은 잠자는 상태와 깨어있는 상태가 모두 비슷하다. 낮 시간 동안에 우리는 종종 우리가 어디 있는지를 잃어버리는 듯한 꿈의 상상 속으로 잘 빠져드는데, 그것은 허구 속의 삶과 같은 것이다.

학　생 : 모든 것은 환상처럼 보입니다. 그리고 그것은 공포스럽다는 생각이 듭니다.

134

린포체 : 공포스럽다니, 무슨 의미인가?

학 생 : 저는 지금 현실적이지 못한 삶을 살아가고 있습니다.

린포체 : 그러한 생각을 했다는 것은 그대의 세계를 이해하고 있다는 것을 의미한다. 그대에게 일어나고 있는 경험에 대해 대부분을 인식하고 있지는 않지만, 그대는 그 나름대로 해석적인 관점을 가지고 있는 것이다. 왜냐하면 그대는 진정으로 두려움을 경험하고 있지 않기 때문이다. 그러나 그것 또한 꿈의 일부분이다.

학 생 : 두려움을 제거시키기 위해서는 어떤 방법이 있습니까?

린포체 : 두려움은 꿈과 깨어있는 현실 사이에서 느껴지는 괴리감과 그 틈새의 한 부분이다. 그러나 실제로, 전체적인 경험의 본질은 하나의 꿈이다.
예를 들어보자. 나는 호랑이와 개와 뱀이 모두 나를 공격하는 꿈을 꾼다. 그러면 나는 두려움을 느낄 것이다. 그리고 아침에 꿈에서 깨어나면, 내가 경험했던 전체적인 꿈속의 상황들이 꿈의 일부였음을 깨닫게 된다.

그대 역시 두려움에서 벗어날 때, 깨닫게 될 것이다. 그리고 삼사라의 전체가 우리 자신이 만들어낸 일부분이라는 것을 깨달을 것이다. 지금 그대는 모든 경험들을 창조하고 있는 것이다.

우리가 밤에 꿈을 꿀 때, 우리의 삶을 더욱 편안하고 건강하게 만들기 위해 꿈에 대해 알고있는 지식을 꿈 속으로 이끌어낼 수 있다.

꿈의 상태에서 깨어있는 상태로 이동하는 것은, 어떤 의식의 단계에서부터 또 다른 의식의 단계까지 다리를 건너는 것과 같다. 자각과 실천으로, 우리는 깨달음의 여행을 할 수 있다.

학 생 : 저는 그렇게 연결할 수 있습니다. 그러나 꿈속에서 고통과 죽음으로 연결하는 것은 아무래도 기분이 안 좋습니다. 그것은 제 안에 그 무엇이 꿈속에서의 어떤 것을 받아들이기 위해 치루는 싸움과 같습니다.

린포체 : 문제는 그대가 꿈에 대해 중요하게 생각하지 않거나 진정으로 믿지 않기 때문이다. 어느 정도까지는 그대의 경험으로부터 꿈에 대한 인식이 발전할 것이다. 그러나 아직 그대는 꿈은 그대가 경험하고 있는 것이라는 사실을 알지 못한다. 그것은 단지 꿈속에서만 국한된 상황이 아니다.

학　생 : 만일 제가 죽음이 꿈의 한 부분이라고 생각한다면, 누
　　　　　군가의 죽음과 또한 제 죽음이 현실세계와 무관하다는
　　　　　말씀이십니까?

린포체 : 만일, 그대가 실제로 그 사실이 꿈이라는 것을 믿는다
　　　　　면 불행하고 고통스러운 죽음의 상황과 연결되지 않을
　　　　　것이다.
　　　　　또한, 다른 관점에서 죽음이란 단지 꿈과 무관한 외부
　　　　　적인 사건으로서 한정지을 수도 있다. 실제로, 우리의
　　　　　주관적인 감각들, 모든 지각력, 의식은 하나의 꿈이다.
　　　　　그 꿈은 우리의 지각으로 인한 단순한 상상력이 아니
　　　　　다.

학　생 : 만일 제가 상상속의 누군가와 대화를 하려고 합니다.
　　　　　이것이 가능한지요?

린포체 : 그렇지 않다. 깨달음은 즉각적인 것이다. 그대가 억지
　　　　　로 시도하거나 스스로를 확신시키려고 하면, 그것은 오
　　　　　히려 자신을 억압하는 것이다.

학　생 : 우리가 모든 것이 꿈이라는 사실을 깨달을 때, 그것은
　　　　　무엇과 같습니까?

린포체 : 그것은 대단히 만족스럽고 흥미로운 것이다.

학　생 : 스승님께서는 어떻게 삼사라가 니르바나인 '참나'라고 말할 수 있습니까?

린포체 : 깨달음의 길을 계속 가다보면, 그 길이 매우 가까이 있음을 알 수 있다.

학　생 : 스승님께서 그것을 깨달으셨다면 그것은 무엇과 같습니까?

린포체 : 심지어 가장 어려운 문제가 닥쳐도 즐겁고 재미있게 전환시킬 수 있다. 그대가 모든 것이 꿈과 같다는 것을 깨달을 때, 그대는 순수한 의식을 얻을 것이다. 그리고 순수한 의식을 얻는 방법은 모든 경험이 꿈과 같다는 것을 깨닫는 것이다.

연꽃에 대한 꿈

꿈은 현실세계에서 불가능한 것을 가능하게 한다. 우리는 몸을 변형시킬 수도 있고, 텔레파시를 사용하거나 날아다닐 수도 있다. 꿈을 꾸는 상태는 그 깊이를 알 수 없는 바다와 같으며, 반면에 잠에서 깨어있는 상태는 바다 위를 항해하는 것과 같다.

왜냐하면, 우리가 꿈을 의도적으로 발전시키지 않는다 해도, 자연스럽게 현재의 의식상태를 꿈의 상태로 여과하기 때문이다. 우리는 깨어있는 상태에서 얻을 수 없는 정보와 지식을 꿈을 통하여 제공받을 수 있다.

그러나 언제나 그러한 꿈을 꾸기란 쉽지가 않은데, 그것은 우리가 꿈속의 경험들을 접하기 위해서는 일반적인 개념을 사용해야만 하기 때문이다. 하지만 꿈에 대한 깊이와 반복되는 양상을 조절하면서 지식의 원천에 접근하는 방법들이 있는데, 그 중에 하나는 잠들기 바로 직전에 심상(心想)《불교에서는 객관적 대상에 대하여 그 일반성을 인식하는 정신 작용으로서의 생각을 뜻한다》을 정화하는 것이다.

심상을 구현하기 위해서는 먼저, 잠들기 바로 전에 아주 편안한 느낌을 갖도록 한다. 특히 머리와 눈을 편안히 하고, 그 다음 목과 근육 그리고 등을 편안하게 한다. 그런 후에 몸 전체를 최대한 이완시킨다. 모든 긴장을 풀고 가능한 가벼운 마음으로 부드럽고 천천히 호흡을 하면서, 몸과 마음이 완전히 편안하다고 느낀다.

그 다음엔 마치 어린아이를 데리고 가는 것처럼 마음을 온화하게 이끈다. 마음은 따뜻하고, 유쾌하고, 고요한 느낌들을 가지면서 점점 안정이 된다. 또한, 마음은 걱정거리와 갖가지 생각들을 넘어서 깊고 편안해질 것이다. 이제 당신은 실제로 심상을 만들어 가는 것이다.

당신이 고요하고 평화로움을 느낄 때, 아름답고 부드러운 연꽃이 목구멍에서 나타난다. 그 연꽃잎은 분홍색으로 밝게 빛나며, 살짝 봉오리가 맺혀있다. 그 중앙에는 주홍색 불꽃이 꽃잎으로 그림자가 드리워져 안쪽에서 밝게 빛나고 있다.

매우 부드럽게 응시하면서, 불꽃의 끝에 집중할 수 있는 만큼 오랫동안 상상한다.

이 불꽃은 자각을 나타내는 것으로 꿈의 에너지와 동일한 성질을 갖는다. 꿈속에서의 삶을 경험하는 것과 깨어있는 상태의 삶은 서로 다른 성질을 지니고 있지만 그것의 짜임새는 본질적으로 동일한 것이며, 각각의 상태에 대한 자각은 다른 것들로 인해 방해받지 않는다.

연꽃과 불꽃에 대한 상상을 계속해서 유지하며 생각들이 어떻게 일어나는지 그리고 연꽃에 대한 심상과 생각들이 어떻게 융합되는지 관찰해 보라.

또한, 이러한 생각들과 상상들이 어떻게 과거를 반영하는지 그리고 현재와 미래의 계획과 어떤 관련이 있는지 관찰해 보라. 이러한 과정을 보면서 연꽃에 대해서 계속 집중하면, 당신의 심상은 편안하고 명확히 안정될 것이다.

이제 당신의 생각들은 마음속으로 조용히 흘러 들어가며 유지될 것이다. 그리고 당신은 단 일분도 그 생각들로부터 자유로울 수 없다고 느낄 것이다. 당신은 그것들에 대해 걱정할 것 없다. 무슨 일이 일어나는 지만을 관찰하라.

심지어 다른 생각들이 마음속에서 일어난다 해도 명확해진 심상은 방해받지 않고 계속해서 유지되며 꿈속에서도 연장될 것이다. 깨어있는 상태와 꿈꾸는 상태의 차이가 생기면, 우리는 심상을 잃고 자각하지 못하게 될 것이다. 그러므로 연꽃에 대해 집중하면서 자연스럽게 심상을 유지한다.

자각된 상태와 생각들이 하나가 될 때까지 우리의 인식은 형상화되어야 한다. 잡념(雜念)이 모두 사라지면 집중된 상태가 이어지게 된다. 완벽하게 집중하게 되면 주관과 객관, 의식과 상상의 세계가 모두 하나가 된다.

처음으로 당신이 꿈의 상태를 경험하고 꿈에서 깨어나면 경험한 모든 것들이 어디서부터 왔는지 기억하지 못할 것이다. 그러나 당신의 인식은 당신이 꿈꾸고 있다는 것을 보게 될 정도로 자연스럽게 발전할 것이다.

이러한 과정을 매우 신중하게 관찰하면, 당신은 창조적인 경험과 꿈이 전개되고 있는 것을 이해할 수 있다. 처음에는 흐트러지고 뒤죽박죽인 것같지만, 꿈은 점차 명확해지고 모든 것을 포함하게 된다.

명확하게 자각하는 것은 꿈을 꾸는 것부터 깨어있는 때까지의 모든 상태를 알 수 있는 의식의 특별한 계층을 이해하는 것과 같다. 이렇게 실질적인 의식의 활동을 통하여, 우리는 또 다른 경험의 차원을 알 수 있으며, 어떻게 경험이 일어나는지에 대한 지식의 또 다른 과정을 갖게 된다.

우리는 이러한 과정을 통해, 삶의 형태를 구축할 수 있다. 꿈에 대한 인식으로 드러난 생각들은 깨어있을 때의 인식을 더욱 강렬하게 할 것이며, 모든 존재의 본성을 자각하게 할 것이다.

지속적인 의식의 활동을 통하여, 우리는 잠자는 상태와 깨어있는 상태의 차이가 없다는 것을 알게 되며, 우리가 깨어있는 동안의 경험들은 더욱 활발하고 다양해질 것이다.

그 결과 우리의 의식은 더욱 정교하고 밝아질 것이며, 더 이상 시간과 공간, 형상과 에너지 등의 고정적인 관념들에 묶이지 않을 것이다. 또한 더욱더 방대하진 인식능력으로, 우리는 위대한 요가 수행자들과 스승들의 초월적인 업적과 전설들이 단지 신화나 기적이 아니라는 사실을 알게 될 것이다.

의식이 다양한 경험의 장(場)들이 합쳐지고 관습적인 생각들의 한계를 넘어서면, 영적인 힘과 능력이 실질적으로 자연스러워질 것이다.

꿈을 바탕으로 한 인식의 본질은 내면의 조화를 이루는데 도움을 줄 수 있다. 인식은 전체적인 삶을 유기적(有機的)으로 활성화하고 마음에 양분을 공급한다. 또한, 이전에 내 자신이 알지 못했던 여러 면들에 빛을 비추고, 다양하고 새로운 앞날에 길을 밝혀준다.

존재의 장(場)

우리는, 일반적으로 경험의 표면적인 것만을 안다. 경험에 대한 셀 수 없이 무수한 관점들과 해석들은 우리의 감각과 지각능력을 둔하게 하며, 실제로 우리는 삶의 아주 작은 부분들만을 보고 있다. 그렇기 때문에, 삶이 종종 불만족스럽게 여겨지는 것은 이상한 일이 아니다.

마음은 복합적인 요소를 지니고 있다. 일반적인 지각능력으로는 그것을 알 방법이 없다. 우리의 마음은 종이를 날카롭게 즉시 관통하는 레이저 광선과 같다. 그러나 우리는 단 한 가지의 통로만으로 그것을 뚫을 수 있다. 각각의 의식의 단계를 각각의 경험으로 접한다하더라도, 우리의 인식은 그 각 단계들에 대해 충분히 그리고 정확하게 설명하기는 어렵다.

경험의 첫 번째 장(場)을 우리는 존재의 장(場)이라고 한다. 그러나 '자각'이란 이러한 단계에서 이루어지는 경험들보다 앞선 것이며, 각각의 단계에 있어서 우리는 어떤 것을 정확하게 '경험'한다고 하지 않는데, 그런 이유는 우리의 의식은 그러한 것들을 기록하는 장부가 아니기 때문이다. 이러한 단계에서는 육체적인 것과 정신적인 것, 또는 주체와 대상의 차이점이 없다.

우리는 이러한 장의 단계를, 술을 많이 마셨을 때나 약물을 복용하여 행복감을 느낄 때, 또는 죽음의 지점에 이르렀을 때나 치명적인 상처나 사고로 인해 무의식의 상태 등으로 예를 들 수 있으며, 우리는 가끔씩 이러한 상태를 경험할 것이다.

이러한 경험을 위해서 준비할 것은 아무 것도 없다. 그때는 시간에 대한 의미도 없으며 과거나 미래에 대한 의미조차 사라진다. 이러한 장(場)의 단계는 빈 공간과 같으며, 자각에 대한 특별한 감각이 있는 것도 아니다. 마음은 마치 모든 감각능력을 둘러싸고 있는 것처럼 보이며, 그것은 블랙홀로 묘사된다. 이때의 암흑은 강압적인 것이 아니라 열려있는 성질을 지닌다.

대부분의 이러한 존재의 장(場) 상태에서 일어나는 경험들은 대부분 오래 지속되지 않는다. 그러나 그것이 지속되는 동안에는 마음과 의식 그리고 모든 인지력 등 어떠한 기능들도 그 안에서 받아들인다. 그러한 장(場)의 상태가 특별하지 않더라도, 그것은 우리의 관념적인 세계를 포함하는 모든 생각들과 상상들이 일어나는 원천이 된다.

우리 모두는 존재의 한 부분이며 우리가 존재 그 자체이기도 하다. 전체적인 삶의 경험이란 이러한 존재와 장, 실제 하는 모든 것들을 포함한다. 니르바나(Nirvana)《해탈》와 삼사라(Samsara)《윤회》가 모두 이러한 존재의 단계에서 나타난다.

우리가 이러한 존재를 더욱 많이 이해할수록 삶은 더욱 풍부해지고 만족스러워진다. 우리는 존재의 장(場)이 전체적으로 개방되어 있다는 것을 알고 있다. 그러한 개방됨은 모든 것을 명백히 하고, 그러한 개방상태는 어떠한 것에 의해서도 파괴되지 않는다.

명상은 긴 시간동안 이러한 장(場)의 상태를 통해서 우리에게 남아있을 수 있었다. 왜냐하면 그것은 욕망과 갈등의 감정에서 벗어난 매우 평화로운 상태이며, 몇몇 붓다의 제자들은 몇 백년 동안 이 단계에 머물렀다. 그러나 이 장의 단계는 시작하는 단계에 불과하며, 누구도 그것을 실제로 현실화시킬 수 없다. 마음은

146

자연스럽게 최초의 장의 단계에서부터 그 다음 장으로 이동하게 되는데, 그것은 더 깊은 의식의 단계이며, 인지하는 것과 유사한 단계이다.

두 번째의 장은 실질적인 감각의 인지와는 다른 단계이지만, 본질을 파악하는데 보다 더 직관적이고 명쾌하며 분명하다. 우리의 의식이 매우 면밀하게 발전되면서, 우리는 직관적인 두 번째 단계를 바로 접할 수 있다.

경험의 첫 번째 단계는 두 번째 장의 단계를 접촉하는 것과 같으며, 그 다음 세 번째 단계가 일어나는 것은 더욱더 정확한 인식능력으로 관찰하면서 한계점을 바라보는 것과 같다. 일반적으로 경험은 두 번째나 세 번째 단계에서 만들어진다고 한다. 우리는 각각의 생각 안에서 경험의 세 번째 단계를 인지하는 방법을 알 수 있다. 우리는 첫 번째 단계와 두 번째 단계에서 경험의 성질을 인지하고, 마지막으로 우리의 경험을 가능한 확장하는 것을 배운다.

우리가 경험에 대한 각각의 단계에 익숙해지고 분별력을 지니게 되면, 우리는 미세한 복합성을 올바르게 인식할 수 있으며 마음은 더욱 내면으로 향하게 된다.

우리는 마치 살구를 먹어본 적이 없는 사람이 살구의 맛을 상상할 수 없는 것처럼, 우리의 인식능력이 발전되어지기 전까지는 그것에 대해 알 수 없을 것이다. 그러나 우리가 인식(생각이 일어나고 흐르는 것)이 숙련됨에 따라, 어린 시절에 경험한 인식 상태와 유사한 단계를 경험하게 될 것이다.

그러한 과정에서 우리는 마음을 직접적으로 경험할 수 있다. 우리의 마음을 깊이 바라볼 수 있을 때, 우리는 마음의 성질을 전환할 수 있으며, 진정한 자유에 도달하게 되는 것이다.

제4장 명상의 의미를 넘어

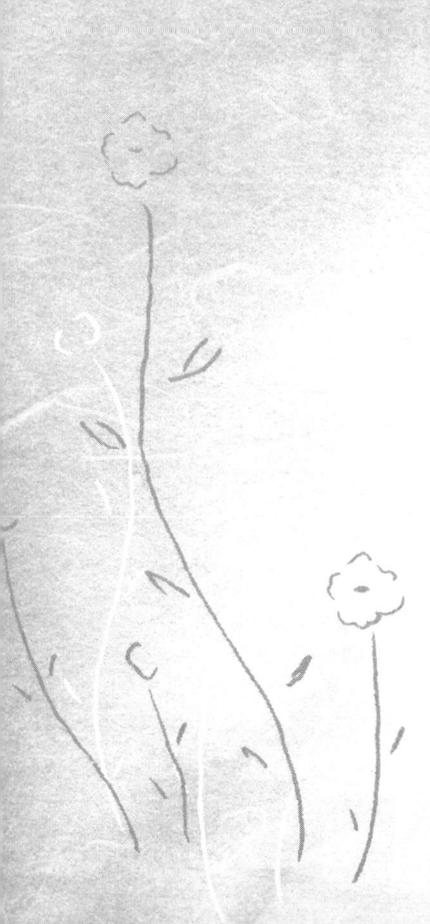

명상의 차원

　명상적인 경험에 대한 많은 차원들이 있다. 우리는 언제라도 아름다운 경험과 큰 만족과 기쁨을 맛볼 수 있지만, 그러한 경험들은 한계를 지니고 있다.

　왜냐하면 그것은 자아에 속해있기 때문이며, 우리의 고정관념으로 인해 우리는 경험을 놓치게 되는 것이다. 그래서 우리의 감정은 계속해서 오르락내리락 하는 것이다. 나중에 우리의 명상적인 경험은 확장될 것이며 어떠한 연결점과 중심점을 지니지 않은 무한계의 상태가 될 것이다.

　모든 것은 명상의 한 부분이다. 이것은 분별력이 존재하지 않

는 삼차원의 단계로 이끌게 될 것이다. 우리는 깨어있으며 일차
원에만 현실과 진실이 존재하는 것이 아니라, 삼차원의 세계에도
보석처럼 다양한 면을 가지고 있다는 것을 알고 있다. 이러한 단
계는 순수한 의식의 단계이다.

학 생 : 스승님께서는 순수한 의식의 단계에서, 생각을 하고 계
        십니다. 그런데 스승님은 현실의 생각들을 넘어선 차원
        에 계시지 않습니까?

린포체 : 그대는 생각의 안과 밖을 통하여 생각을 넘어서 있다.
        그대는 아직 그대의 생각들을 볼 수 있지만, 그것들에
        휘말리지 않을 것이다. 그 생각들은 조용히 작은 소리
        를 내며 일렁일 것이다.

학 생 : 우리가 이러한 방법을 통해 명상하고 있다는 것을 어
        떻게 인식할 수 있습니까?

린포체 : 몇 년 동안을 실질적인 발전 없이 수행하면서 보낼 수
        도 있다. 그러나 우리가 명상의 더 높은 단계로 이르기
        위해 적당히 명상을 한다면, 우리가 어떤 것을 하고 있
        는지 자각하지 못할 정도의 자연스러운 변화가 찾아올

것이다. 그러한 단계에서 한정짓는 것이 많을수록 장벽은 높아지며, 우리는 상황을 예측하려고 시도하고 의문점을 갖게 된다. 그러나 우리가 그러한 단계를 지나 열린 공간 속으로 들어가게 되면, 더 이상의 의문이 존재하지 않는다.

명상을 시작함에 있어서 그리고 명상을 알아 가는 동안에, 모든 생각들을 버리는 것은 중요한 일이다.
그리고 과거와 미래로부터 스스로 벗어나도록 한다. 그러나 우리의 명상이 더욱 발전되어가면서, 각각의 생각들과 감정 속에서두 본질적인 명상의 특성은 발전하게 된다. 이렇듯 명상은 자연스러운 삶의 한 부분이 되며, 그러한 경험은 삶 전체로 옮겨지게 된다.

학 생 : 스승님께서는 매일 매일의 문제들을 명상을 통해 해결할 수 있다고 하셨습니다.

린포체 : 우리에게 명상이 될 수 있는 경험은 무엇이든지 그렇다. 호흡이나 느낌, 근육의 긴장, 욕망, 자아, 갈등, 집착 등 우리가 경험하는 모든 것은 우리의 명상이 될 수 있다. 그러나 명상의 경험은 대해 무엇을 가려내거나 선택할 수는 없다.
명상은 실제로 우리의 한 부분이며, 우리는 자기 스스

로의 존재를 이해하며 인정해야 한다.

명상은 우리의 문제점을 해결할 수 있도록 도울 뿐 만 아니라, 문제점이 발생하는 것으로부터 우리를 보호한다. 명상의 과정은 우리를 편안하고 고요하게 하며, 어떠한 관념이나 감정이 일어난다 해도 우리는 더 이상 그러한 것들로 휘말리지 않게 된다.

학 생 : 명상을 할 때, 간혹 긴장과 노력 때문에 집중력이 분산되는 경우가 있습니다. 스승님께서는 이러한 점들은 바람직하지 않다고 말씀하셨습니다.

린포체 : 명상은 고정된 집중력이 아니다. 처음 시작하는 사람들이 집중하기 위해서는 노력이 필요하다. 그러나 아무리 의지가 강하더라도, 명상을 억지로 할 수는 없다.

학 생 : 에고(ego)란 정확히 무엇입니까?

린포체 : 에고란 집착과 정체성에 관한 행동들과 밀접하게 연관되어 있다. 그러나 우리는 명상을 통해서, 우리를 넘어선 힘으로 에고를 무너뜨리기 시작한다.

학 생 : 에고에 대한 저의 개념은 에고가 의식과 동일하다는

것입니다.

린포체 : 그러한 개념은 그대의 느낌들이나 감각을 통해 일어난 추측된 관념이거나 어떤 해석을 바탕으로 한 것이다. 그것은 실제적인 의미가 아니라 단순한 방식으로 생각하는 것이다. 자신의 명상을 확고하다고 믿는 사람들은 경험에 대해 어떠한 형식을 부여하지 않는다.
많은 사람들은 본질과 자아가 같다고 느낀다. 그대가 더욱 깊이 있게 고찰하고 더욱더 섬세하게 이해하므로써, 절대적이지도 본질적이지 않게 된다. 또한, 에고가 존재하는 그대의 현실은 그대를 더욱 강하게 할 것이다. 사람들이 그렇게 말하는 것들은 별 의미가 없는 단지 공허한 언어일 뿐이다.

학　생 : 명상을 할 때 제 마음은 마치 생각들이 끊임없이 흐르는 것 같습니다.

린포체 : 때때로 어떠한 기억이나 무의식적인 생각에 집중하는 것은 의식 속에서 경험들과 유사해 보이는 것들로서 외부로부터 오는 것들이다. 어떤 때는 명상의 기법들이 상상을 불러일으키기도 한다. 경험의 본질은 명상의 길을 의미하며, 집중은 그것들을 넘어선 상태이다.
편안해져라. 그리고 살피는 태도를 버리고, 어떤 것에

대해 깨달으려고 억지로 힘쓰지 말며 실질적인 방법으로 수행하라. 자신을 감시하지 말고 명상을 통해 편안함을 깊게 접하도록 하라. 그리고 명상의 체험이 깊어지도록 하여 그대의 불안함이 자연스럽게 가라앉도록 하라.

그대는 명상에 있어서 어떠한 특성이든 주의를 기울일 필요가 없다. 오직 개방적인 태도를 유지하라. 그대가 그대의 명상의 중심이다.

학 생 : 어떤 일에 집중하거나 명상을 할 때, 가끔 머리가 아픕니다. 그건 왜 그렇습니까?

린포체 : 그대의 명상은 너무 강압적이고 경직되어 있다. 명상을 한다는 생각을 잊어버리고 그대의 중심에 서서 그 느낌을 유지하라. 그대의 좋거나 나쁜 경험 모두가 그대의 명상의 한 부분이다. 그대가 현실에서 경험하는 것처럼 명상을 인식한다면, 그대의 두통은 이내 사라질 것이다.

우리는 방안에 잠들어 있는 아기와 함께 있을 때처럼 종종 명상에 대해 너무 신중하다. 마치 어떤 소음이 자고 있는 아기를 금새 깨울까봐 조심하는 것처럼 말이다. 우리는 이러한 태도를 풀고 편안해질 필요가 있다.

부디 그대의 몸을 귀중히 여겨라. 목의 근육을 부드럽게 마사지하면 에너지가 자유롭게 흐를 것이다. 모든 긴장과 저항을 풀어버려라. 그대는 특별한 경험을 하고 있는 것이다.

그대의 눈과 손과 위, 뼈, 그리고 근육들 모두 각각의 중요함을 인식하라. 그대의 몸과 마음을 통하여 의식이 흐르도록 하라.

학　생 : 그러나 영적인 길을 가기 위해서는 인간애를 발휘할 어떠한 스승이나 구루《영적인 스승》가 필요하지 않습니까?

린포체 : 영적인 길을 보편화시키기란 매우 어렵다. 어떤 사람들은 구루가 필요하겠지만 어떤 사람들은 그렇지 않다. 중요한 것은 그대의 마음 속에 있는 것을 그대로 바라본 후, 그 속에서 방법을 찾아 오직 전진하는 것이다. 또한, 자아와 자신에 대한 망상을 버리고 실질적으로 자신을 다룰 수 있는 능력이 중요하다.

학　생 : 명상과 종교는 어떤 관계가 있습니까?

린포체 : 명상에 있어 종교와 헌신적인 마음은, 우리를 유익하게 하며, 그것들은 명상의 또 다른 형태이다. 종교적인 느

낌은 그대가 믿고 따르는 동안에는 매우 중요한 것이
다. 그대가 믿고 신의를 가지고 헌신하는 동안만큼, 그
대의 명상은 진보할 수 있을 것이다.

학 생 : 종교적인 느낌은 단지 명상의 또 다른 방식에 불과 합
니까?

린포체 : 그렇다. 종교는 다만 방식일 뿐이다. 하지만 매우 중요
한 방식이다.

학 생 : 종교에 집착이 될 수도 있습니까?

린포체 : 그렇다. 종교 이외에도 그대는 재물이나 명상에도 집착
할 수 있으며, 그대의 가정이나 사람들에 대해서도 그
럴 수 있다. 그대는 어떤 것에도 집착할 수 있으며 그
것들에 대한 차이점은 없다. 어떤 집착이라도 그것은
집착일 뿐이다.

학 생 : 명상을 하는데 있어 철학은 무엇입니까?

린포체 : 철학이란 사고와 개념에 관련된 모든 것 중의 첫 번째
항목이다. 생각과 개념이 정립되면서 그것들은 명확한
방향을 갖게 되는데, 그러한 방향은 하나의 목적을 유

158

도하고 범주를 정한다. 그러면서 하나의 체계가 이루어
지는 것이다.

이러한 체계는 점점 커져서, 옳고 그름, 긍정과 부정,
선행과 공덕, 그리고 악한 카르마 등의 본성적인 것들
에 대한 윤리적인 의식으로 성장한다. 그러면서 철학은
하나의 전형으로 구축되는데, 그것은 많은 복합적인 세
부 항목들을 묶어버리고 한정짓는다.

우리가 질문을 구하게 되면서, 더 많은 질문들이 존재
하게 된다. 결국엔, 마지막 질문이라는 것이 없기 때문
에 그 질문들에 대한 답이 필요하지 않다는 것을 깨닫
게 된다해도, 만일 우리가 질문을 시작하지 않는다면
우리는 결코 그 사실을 깨닫지 못할 것이다.

일반적인 지식도 우리가 대답을 구하는 것에 도움을
주기 때문에 소용이 없는 것은 아니지만 마찬가지로
질문에 대한 것은 끝이 없다는 것을 보여주는 것이다.
그것은 마치 장작더미에서 나무 두 조각을 비벼서 열
이 나도록 한 다음 이윽고 그것을 모두 태워 없애고
마는 것과 같다. 이성적인 이해란 그와 같은 것이다.

대답을 구하지 않는 유일한 방법은 결국 질문이 없다
는 것을 깨닫는 것뿐이다. 대답은 대답이 아니다. 대답

을 하는 것은 다른 질문을 유도하는 것이며, 그러한 질
문과 대답은 계속 순환적으로 반복되는 것이다. 질문들
과 대답들은 어떤 곳으로 이끌어지는 것이 아니라 서
로 공생하는 것이다.

학 생 : 스승님께서는 왜 우리가 질문을 하도록 하는 것입니
까?

린포체 : 우리는 생각을 가지고 있기 때문에 표현하는 것이다.
우리가 질문을 하면, 우리가 어디에 있는지 알 수 있
다. 질문은 알기 위한 방법이다. 알기 위한 또 다른 방
법은 경험을 통한 것이다. 동시에 그 모두가 일어난다
면 그것은 매우 좋은 일이다. 그러나 어떤 때는 경험에
대해 느낄 수 없다. 언젠가는 그 모두가 하나가 되거나
같아질 것이다.

질문과 대답은 그다지 멀리 존재하지 않는다. 그러나
이러한 문답은 유익하고 실질적인 방법이다. 우리가 철
학과 이성적인 이해를 버리는 것은, 우리 자신의 중요
한 부분으로부터 스스로를 차단시키는 것이다.
우리가 세상 속에서 생활하고 공부하며 열심히 일한다
면, 이러한 실질적인 문답들은 가능한 많이 필요하다.
그러나 우리가 명상을 하는 중에, 그러한 방법들은 질

160

문이 될 수 없다.

명상을 생활화하라. 그대가 혼란스러워지면, 명상을 통해서 혼란을 가라앉혀라. 명상은 시간을 버리는 것이 아니라, 나를 알아 가는 과정이다. 이른 아침 그대가 깨어있을 때, 그 시간을 자각하라. 이것이야말로 진정한 도전인 것이다.
매 순간을 통해서 배우며, 매일의 삶 속에 우리의 과제가 있다. 그대는 하루 24시간 동안을 이러한 명상 속에서 즐기고 있는 것이다.

삶의 도전이란, 긍정적인 것인가 아니면 부정적인 것인가? 우리가 얻고 있는 것은 과연 무엇인가? 궁극적인 의미 안에서는 얻는 것도 잃는 것도 없지만 진리를 깨달을 때까지, 우리는 얻는 것과 잃는 것이 계속 교차할 것이다. 그러므로 우리는 현재를 위하여 최선을 다해야만 한다.

생각

우리가 몸을 통해 호흡을 하며, 아주 자연스럽고 편안하게 유연한 마음을 가질 수 있다면, 마치 고향에 온 듯한 느낌일 것이다. 실제로 우리는 하루에 단 몇 분 동안의 명상을 꾸준히 실천하면, 이러한 느낌을 늘 유지할 수 있다. 또한 명상의 시간을 늘려나가도 전혀 힘들이지 않고 명상을 할 수가 있으며, 이러한 느낌을 반복적으로 접하게됨으로써 우리의 집중력은 자연스럽게 발전하게 된다.

그러나 이러한 느낌을 학문적으로 해석한다면 분명히 좋은 명상이 될 수 없다. 그것은 생각의 과정 그 자체가 경험으로부터 우리를 분리시키기 때문이다.

생각은 보통 우리가 명상을 할 때 상상의 세계와 현실세계에
쉽게 적응하는 사람들이 많이 한다. 하지만 우리는 이런 일상적
인 생각의 범주에 대해 스스로를 제한하며 명상을 한정짓는다.
우리가 생각의 본성을 면밀히 검토해보면 이러한 결과를 명확히
알 수 있다.

마음 속에서 어떠한 생각이 일어나면, 우리는 그것들이 마치
자식이나 되는 것처럼 스스로의 테두리를 만든다. 그러나 생각이
란, 내 마음이 내 자신에게 장난치는 속임수 같은 것이다. 실제
로 우리가 집착하지 않은 상태를 유지한다면, 우리에게는 여러
가지의 각각의 생각이 일어나고 사실상 아무 것에도 관련 없는
한가지 생각만이 계속적으로 지나가는 것을 알 수 있다.
생각이 산만해지면, 우리의 의식은 캥거루처럼 여기저기로 마
구 뛰어다닌다. 각각의 생각은 고유의 성질을 가지고 있는데, 어
떤 것은 느리고 또 어떤 것은 빠르다. 생각의 시작은 매우 긍정
적일 수 있지만 그 다음의 생각은 부정적일 수도 있다. 생각들은
고속도로에 차가 지나가는 것처럼, 그냥 지나가고 있는 것일 뿐
이다.
한 가지의 생각이 사라지자마자 아주 빠르게 다른 생각이 떠
오른다. 하나의 생각이 다음 생각으로 이어지면, 그것은 어떤 방
향을 가지고 있는 것처럼 보이기도 한다. 그러나 그러한 생각의

이동의 의미가 있다하더라도 그것은 진정한 과정이 아니다. 정신적인 사건, 즉 생각은 활동사진과 같은데 그 연속성에 대한 의미가 있다할지라도, 연속성이란 비슷한 상황을 투영한 환영과 같기 때문에, 실제로 생각은 구체적인 상상들이다.

특이한 생각이 떠오르거나 상상력이 발휘되는 것은, 자궁 속에 아기가 자라고 있는 것처럼 그 형태가 만들어지는 것이다. 그러한 형태 속에서 우리의 사고력은 발전되는 것이며, 명료한 인식으로 거듭난다.

생각은 표출되자마자 그 존재를 알리려고 소리내는데, 우리는 그것을 세심하게 살펴볼 필요가 있다. 생각은 매우 까다로우며 요구하는 바가 많다. 우리는 그러한 것들을 적절히 다루어야 한다.

우리의 생각들을 주의 깊게 살펴보면, 우리는 각각의 생각이나 개념이 일어나는 대로 즉시 경험할 수 있다는 것을 알 수 있다. 우리는 침착하고 노련하게 각각의 생각에 머물면서, 각기 다른 형태와 감도로 경험할 수 있다. 그것은 내면을 경험하는 것이며 또한 실제적인 경험이 되는 것이다.

집중은 각각의 생각 안에 존재하는 에너지를 접하기 위한 중요한 수단이지만, 억지로 애를 써서 집중하는 것은 전혀 효과적이지 못하다. 억지로 집중하는 것은 짧은 기간 동안에는 할 수 있는 일이겠지만, 그것은 새로운 생각을 계속 일어나게 할 수도 없으며 집중을 방해한다.

우리가 어떤 생각을 하고 있을 때, 다른 생각들이 계속 이어져나오면 그 각각의 생각들을 모두 머리 속에 나누어 보관한다. 그렇게 하지 않으려면, 내면적인 경험으로 이루어진 각각의 생각들을 집중하여 자신을 온전하게 안내하는 것이 중요하다. 자신을 훈련하는 과정을 통하여, 우리는 점차 발전하며 집중력을 확장시킬 수 있다.

우리가 매우 신중해지면, 개별적인 생각들 사이에 존재하는 공간을 인식할 수 있게 되는데, 한가지의 생각이 사라지고 다음 생각이 일어나는 것은 너무 빠르고 섬세해서 이것을 인식하기란 쉽지가 않다. 그러나 이러한 과정에는 반복적인 규칙같은 것이 있으며, 우리가 그것에 대한 규칙을 파악하면 생각들의 차이를 쉽게 알 수 있다.

그 공간은 우리를 집중시킬 수 있는 감각을 가지고 있는 의식의 단계이다. 생각들 사이의 공간은 텅 빈 것처럼 밀접한 관련이 있으며, 모든 것을 드러내는 성질을 지니고 있다. 이 공간은 예리한 판단력으로 잡히는 것이 아니며, 그것은 광활하고 고요한 바다 속 깊은 곳을 헤엄치는 것과 같다. 바다의 표면에서는 무수한 파도가 일렁일 것이나, 그 바닷속 깊숙이 들어가면 고요함과 안정감이 실재한다.

생각들 사이의 공간은 순간과 미래 사이의 거리와 같다. 생각은 지나가 버리지만 미래는 여전히 남아있다. 실제로, 현재를 자각하는 것은 과거나 미래에 포함되는 것이 아니며 심지어 현재의 일반적인 관념에도 포함되는 것이 아니다. 그 공간에 접하는 것은 또 다른 세계를 여행하는 것이다. 경험의 본질은 우리가 일반적으로 대하는 것과는 매우 다른 것이다.

우리가 생각들 사이의 공간을 확인하면, 그것을 깊고 충만한 경험으로 확장시킬 수 있다. 그 생각들 사이의 고요한 공간을 확장함으로써, 불안정한 마음은 점차 사라지고 자연스러운 마음의 상태가 그 자체로 드러나기 시작한다.

처음에는 이러한 상태를 유지하려고 노력을 하지만 점차 사라지는 것은 우리의 마음이 여러 가지의 생각들로 혼란스럽기 때문이다. 그러나 점점 더 균형을 잡아가게 되면서, 우리의 마음은 더욱 쉽게 가라앉고 의식의 단계도 깊어진다.

보다 긴 기간동안 이러한 자각의 상태를 유지하게 되면, 언제나 빛나는 광채로 내면은 빛을 발하게 되는데, 이것은 본질적인 자각의 상태이다. 이것은 혼란과 습관적인 모든 것 그리고 끝없이 연속되는 생각들로부터 자유로워지는 것이다.

우리는 육체를 넘어서고 심지어는 이 세상을 넘어선 고요함까지 확장시킬 수 있으며, 무한한 공간의 광대함을 느낄 수 있다. 우리의 경험은 생명력이 넘치고 새로우며, 명확하고 긍정적인 것이다. 그러므로 그러한 생각들 사이의 공간으로 더욱 깊게 들어갈수록 우리의 경험은 더욱 확실해진다.

생각들 사이의 공간 속에서 우리는 마음 그 자체가 텅 빈 공간이라는 것을 알게 되는데, 그것은 투명하며 형태가 없다. 그리고 우리의 생각이 열려있고 형태가 없다는 것을 알 수 있으며, 열린 공간에 대한 의미를 직접 경험하게 되면, 이전에 우리의 경험을 제한하던 개념이라든가 언어들 그리고 상상들로 우리를 얽매이게 하지 않을 것이다.

생각들 사이에 존재하는 공간 안에는 오직 순수한 의식의 투명함만이 존재한다. 이러한 공간은 광활하고 온전하게 개방된 상태로 어떤 것도 구속하지 않으며, 일반적인 개념의 범주를 넘어있기 때문에 과거와 미래의 존재는 사라져 버린다.

학 생 : 스승님 말씀 중에 생각들 사이에 존재하는 그 공간으로 들어가는 것에 대해 덧붙여 스승님께서는 생각 그

자체가 되라고 하셨습니다. 좀 더 상세하게 말씀해 주십시오.

린포체 : 우리는 순간에 대해 자각하고 그것을 자신과 생각 사이에 어떤 분리됨 없이 온전하게 유지하는 방법을 알 수 있다. 이러한 방법은 한 가지 생각을 헤쳐가거나 뚫고 가는 것이다.

한 가지의 생각에 집착하거나 분석하므로써, 우리는 언제나 생각의 외부적인 면에 남아있게 될 것이다. 그러나 생각은 우리의 외부에 있는 것이 아니다. 또한 현실도 다른 어딘가에 있는 것이 아니다.
생각들은 바다에서 물거품이 일어나는 것과 같은데 생각 그 자체는 자각 또는 명확성, 빛과 생동감이다. 이러한 생각들 그 자체의 내면적인 본성에 근접하는 것은 매우 중요하다.

학 생 : 만일 제가 저의 모든 생각들과 행동들을 이해할 수 있었다면 그 다음 어떤 결과를 낳았을까요?

린포체 : 그러나 그것은 극단적인 인식을 하는 무엇인가를 얻으려 하는 것이다. 심지어 우리는 오늘 아침 잠자리에서 일어나기 전에 어떤 생각을 하고 있었는지조차도 기억

하지 못한다.

우리가 한 시간 동안 어떤 생각을 하고 있었는지 헤아
려보거나 우리가 가지고 있는 생각들이 얼마나 긍정적
이고 부정적인지, 그리고 중립적인지도 기억하지 못한
다. 또한, 어떤 생각을 하고 난 후, 그 다음엔 무엇을
생각했었는지도 알 수 없다. 오직 진정으로 자각한 사
람만이 유일한 모든 생각을 깨우침으로 발전시킬 수
있는 것이다.

학 생 : 스승님께서는 종종 무언가를 구별하려는 마음을 버리
라고 합니다. 그러나 '지혜'라는 말은 어떤 때는 인식을
구별하는 것으로서 해석되기도 합니다. 그 두 가지의
의미에 차이가 있습니까?

린포체 : 우리가 인식이 무엇인지 구별하는 것은 일반적인 구별
또는 어떤 것에 대해 인식하는 것과는 매우 다르다. 그
것은 일반적인 인식보다 빛나고 우월한 성질을 지닌
직관적인 인식을 말하는 것이며, 그것은 언어와 개념상
에 의존하는 것을 넘어서는 것이다.

이러한 인식은 경험을 통해 다른 관점의 방식으로 우
리에게 제공한다. 인간의 의식은 일반적으로 한번에 한

가지 아니면 두 가지의 측면만을 볼 수 있지만, 더욱
깊은 시야로 들여다보면, 과거, 현재, 미래는 하나의 상
태로 통합된다. 모든 차원은 한번에 보여질 수 있다.

학 생 : 그렇다면 인간의 의식은 전체적으로 확장된 것을 의미
합니까? 어떻게 생각 그 자체로 명상이 될 수 있습니
까?

린포체 : 첫 번째로 그대가 깨달아야 할 것은 생각이 그대에게
오는 것이다. 그대의 의식이 생각으로 들어가도록 하
고, 그 자체의 핵심, 즉 생각 안에 있는 고요한 인식을
찾아라. 그것은 그대로 보는 것이며, 생각 그 자체는
인식을 바탕으로 한다. 인식이 없이는, 생각들도 존재
하지 않는다.

그대는 인식이나 에너지를 접하고 그것을 가능한 많이
확장시켜라. 또한, 한 가지의 생각이 있고 그 다음 생
각이 따라오지 않는다면, 그 순간 현재의 생각은 바로
지나가 버린다. 그 다음 생각이 오기 전, 그 상태에 머
물러라.

학 생 : 만일 스승님께서는 생각을 확장시키고 그것에 집착하

170

는 것을 너무 좋아한다면 그 다음은 어떻게 되는 것
입니까?

린포체 : 그렇다면 그것은 집착이 아니며, 다음 생각에 대해 명
확해지는 것이다. 그대가 어떤 것들을 좋아할 때, 그대
는 그것에 사로잡혀 있다. 그대는 곧 그것에 대해 열중
하는 것이다. 그러므로, 그대는 이러한 방식 안에서 생
각을 가지고, 명상에 몰두하는 것이다.

학 생 : 저는 아직도 생각과 생각들 사이의 그 공간에 어떻게
머무를 수 있는지 이해할 수 없습니다.

린포체 : 생각들 사이의 공간 안에 남아있으려면 어떠한 것도
집중하지 않는다. 그러면 노력 없이도 자연히 어떻게
머무르는지 알게 된다. 심지어 아주 섬세한 정신적
인 단계에서 어떤 것을 준비해야 한다는 생각을 버리
게 되면, 그대는 어떤 특정한 형식을 가지지 않고서도
자연스럽게 명상을 할 수 있게 될 것이다.
그렇게 되면 그대의 마음은 실제적으로 공간이 되는
데, 그것은 그대의 의식과 공간이 하나가 되는 것이
다. 자각은 빛처럼 매우 빛나는 것이며 의식은 빈 공
간과 같다. 그러한 공간이 없이는 빛이 존재하지 않는
다.

마음의 진정한 본성은 모든 개념들로부터 자유롭다.
심지어 우리가 그 생각들 사이의 공간, 실제로는 존재
하지 않는 그 공간에서도 그러하다. 거기에는 어떤 결
함이 없지만, 우리가 경험에 대한 것을 표명하기 위해
서는 '공간'이라든가 '사이'라는 단어가 필요하다.
명상의 표면적인 단계에서는 여러 가지로 드러나는 것
이 많겠지만, 더욱 섬세한 단계로 깊이 들어가게 되면,
마음은 전체적으로 열리고 고요해질 것이다.
이러한 고요한 공간 속으로 들어가려면, 명상을 버려
두거나 어떤 공간 속에 있는 마음도 방치해서는 안 된
다. 무엇을 잡으려하거나 집중하려고 하지말고 오직 마
음을 열어라.

그대의 인식이 더 높은 단계로 접하는 것을 알게되면,
그대는 그대의 인식에 완전하게 녹아들어 자연스럽게
그대의 생각들과 감정들을 고요하게 제어할 수 있게
될 것이다.
그대가 만든 테두리(집착)에서 벗어나면 생각들 사이에
열린 본연의 공간으로 들어가게 되며, 그대의 더 높은
인식은 방해받지 않을 것이다. 그대의 전체적인 세상은
전환될 것이다.

의미를 넘어서

우리의 삶은 정신적인 길로 이끌기를 시도한다면, 정신적인 길이 모두에게 같은 의미가 아니라는 것을 더욱 명확히 알게 된다.

가장 높은 정신의 세계, 즉 영적인 단계는 종종 그와 정반대 되는 것을 의미하기도 한다. 그러면 우리는 어떻게 올바른 길을 찾을 수 있겠는가?

우리는 그 대답을 구하기 위해 철학으로 방향을 돌려야 하겠다. 그러나 철학은 우리의 일상생활에 있어 연관성을 찾기 어려운 개념과 이론을 종종 제시한다.

우리는 그러한 이론들이 실천으로 해석될 수 있다는 것을 곧
잘 잊곤 한다. 철학은 우리의 삶에 대한 가장 핵심적인 영향을
끼치는 질문들을 연구하기 때문에, 그것이 더 높은 수준의 현실
에 관한 출입문이라고 여겨지기도 한다.

그것은 붓다의 가르침과 그것들로부터 발전된 철학적인 체계
의 주제들을 연구하는 중대한 이유이다. 그러한 것들은 단지 명
상과 무관한 것 같지만, 우리의 한계를 넘어 삶을 발전시키기 위
한 핵심적인 수단을 공급하는 가치 있는 도구들이다.

우리는 가르침을 얻기 위해 언어를 그 수단으로 사용한다. 언
어는 그러한 방향의 여러 측면을 지적한다. 거기에는 늘 위험이
도사리고 있다. 언어의 개념들과 의미들은 우리가 전달하려는 말
에 쉽게 휘말리게 하거나 시야를 잃게 하는 마력과 같은 것을
지니고 있다. 학자이든 수도승이든 외부적인 모습을 갖춘 어느
누구라도 감정에 빠질 수 있다.

우리는 쉽게 형태를 만들어낼 수도 있고, 그 의미를 바로 잃
을 수도 있다. 또한 한 예로, 하늘에 떠있는 달을 손가락으로 쉽
게 지시할 수 있다고 착각할 수 있다. 정신적인 길은 반드시 철
학을 연구하는 삶을 살거나 영적인 가르침들에 대한 이야기를
하는 것으로 시간을 보내는 것을 의미하는 것이 아니다. 영적인
길에서 우리가 현실적인 가치를 얻기 위해서, 우리는 진실 그 자
체를 바로 현실화시켜야만 한다.

174

그러나 우리의 삶에 대한 다르마(법칙, 정의)의 추상적인 개념을 어떻게 적용할 수 있을까? 그 해답은 명상에 있다. 그것은 우리가 명상 속에서 그러한 개념들에 대해 생각을 한다는 것이 아니다. 그것은 명상의 의미에 부합되기보다는 오히려, 우리의 삶 속에서의 가르침을 통합하여 우리를 실질적으로 돕는 현실적인 방안인 것이다.

우리는 식견(識見)을 넓히고 적용시키는 것에서 더 나아가 이러한 가르침을 연구해야 한다. 이처럼 명상은 현실화를 돕기 위해 우리가 바로 실천하여 내면의 인식에 접할 수 있도록 한다. 이러한 인식과 접촉하게 되는 것을 이해함으로써, 명상과 우리의 삼사라의 마음 사이에 보이는 듯한 장벽은 허물어져버릴 것이다.

마음은 단순히 생각이 일어나는 기관이라기보다 훨씬 더 많은 차원을 지닌다. 예를 들어, 마음은 발전하고 있는 명상의 한 가운데에 있으며, 그 확장된 감각 속의 본연의 마음이 명상이다. 명상은 우리가 경험하고 있는 마음의 어떤 단계라도 적용될 수 있다.

마음의 가장 깊은 단계는 직접적인 경험이다. 그것은 즉각적으로 관념을 형성시키는 것에 대한 방법을 제시하며, 이러한 것들은 번갈아가며 그 개념들을 해석한다. 해석과 개념의 마지막 단계는 우리의 현실에 대한 근본을 자세히 생각해보게 하지만, 실제로 이러한 개념들은 여차(餘次)이다. 그것은 직접 경험하는 것과 거리가 있다.

개념들과 상상들의 단계에서 우리는 의미들, 그리고 어떤 경우에는 의미의 이면에 숨어있는 것들에도 초점을 맞춘다. 의미를 찾는다는 것은 사전으로 단어를 찾는 것과 같다. 그러니까 한 단어는 또 다른 단어들로 설명된다. 그리고 그 다른 단어들은 또 다른 단어들로 설명된다.

이처럼 그 의미는 계속된다. 그러나 한 가지의 의미란 개념과 상상 속에서는 아무 것도 아니다. 그것은 다른 의미들과 연결되었을 때만이 가치를 지닌다.

어떤 개념 이전에 창조된 개념에서, 또 다른 개념으로 움직이는 것은 시간과 에너지를 낭비하는 일이다. 이러한 방식으로 보여지는 의미들은 계속적으로 돌고 도는 바퀴의 움직임을 의미하는 단어인 삼사라와 매우 흡사하다.

우리는 이러한 삼사라의 순환의 무의미를 최종적으로 깨달을 때까지, 결코 자유로울 수 없다. 우리가 어떤 것에도 의미를 부여할 필요가 없다는 것을 알고, 있는 그 자체로 단순하게 그것들을 수용한다면, 우리는 의미들 고유의 본질을 깨닫게 될 것이다.

계속해서 의미를 찾는다는 것은 단지 더 많은 의미들을 부여하는 것이다. 그러한 계속되는 의미의 고리를 우리가 어떻게 끊을 수 있으며, 질문 없는 답변을 어떻게 이끌어 낸단 말인가?

우리가 알고 있는 대답은 아마도 일반적인 개념들을 넘어선 곳에 있을 것이며, 또한 그것은 대답을 넘어선 것이다. 그렇다고 우리가 언어와 개념, 그리고 의미를 사용하는 것을 중단해야 한다는 것은 아니다. 단지 그러한 것들이 더 이상 필요한 것이 아님을 지적하는 것이다.

특히, 명상 속에서 어떤 의미를 찾으려고 할 때는 더욱 그러하다. 사실 우리가 명상 속에서 의미를 찾을 때, 명상을 통해 경험한 것들에 대한 의미를 유추해 나간다는 것은 헛된 일이다. 우리가 의미를 찾을 때는 경험을 뛰어 넘고 지나갈 수 없으며, 새로운 의미를 찾는 것은 단지 더 많은 의미로 이끄는 것일 뿐이다. 그리고 그것은 명상에서도 마찬가지이다.

그러므로 명상을 하는 동안에는 기대를 한다든지, 무언가를 얻으려고 하거나 어떤 것을 성취하려고 노력하지 말라. 확정된 목표들은 그저 더 많은 개념들일 뿐이다. 즉, 그것들은 밑도 끝도 없는 두뇌의 방황이며, 정신적인 고안물(考案物) 같은 것이다.

명상시 집중은 신경과민성과 같은 예민한 증상에 휘말리지 않는다. 명상은 멀리 떨어져 있는 곳의 비어있는 소리를 듣는 것과 같다고 할 수 있으며, 너무 많은 주의를 기울이는 것은 긴장을 유발시킬 뿐이다.

특정한 사물에 초점을 맞춘다거나 결과를 구하는 것은 진정한 집중에 방해되는 것이다. 그것은 우리가 얼마나 잘 집중하고 있는가, 우리의 명상이 좋은가 나쁜가, 아니면 명확한가 혼동되는가 등등 계속해서 의미를 찾고 평가를 내리며 다시 그 속으로 휘말리게 된다. 이러한 것들은 명상 그 자체와 아무런 관계가 없는데도 말이다.

우리는 종종 처음 명상을 시작할 때, 아주 특별한 일인 것처럼 느껴지는 형식적인 명상을 통해, 시간을 낭비한다. 그러한 명상의 공간은 마치 새의 작은 둥지처럼 한계를 갖게 된다. 그러나 명상의 공간은 한계가 없으며, 그 영역은 우리 스스로가 알 수 없을 정도로 넓다.

우리는 자연스럽게 호흡을 하고 부드럽게 눈을 깜박거리며 몸의 모든 기능들이 얼마나 조화롭게 균형 잡혀 있는지 알고 있다. 또한, 그 밖의 모든 것들이 얼마나 온전하게 움직이고 있는지 알고 있다. 그러나 명상을 할 때는, 우리가 알고 있는 외면적인 형상은 결국 잊혀지게 된다. 그것은 오직 내적인 고요함을 발전시키고 내면의 상태를 편안하게 하기 위한 것이며, 그러한 외면적인 형상은 또 다른 깊은 단계로 우리를 연결한다.

명상을 통한 집중은 이러한 깊은 단계에 도달하게 하는데, 우리가 의미와 예측들을 뛰어 넘으면, 집중은 더욱 깊은 단계에 도달하게 된다. 그러면 우리는 명상을 하는 동안뿐만 아니라, 매일 매일의 삶 속에서도 개방성과 수용성을 유지할 수 있다.

의식을 가지고 있는 동안, 우리는 명상을 할 수 있다. 그러나 명상을 하기 위해 어떤 특별한 방식을 반드시 따라야 하는 것은 아니다. 다만 우리에게 유용하고 다양한 기술들을 적용할 수 있는 것이다.

명상의 마음은 설명하거나 지시하는 것이 아니다. 명상은 우리가 이르는 어디에든 있으며, 일상적인 삶 속으로 전해지는 것이다. 그리고 우리는 우리가 행하는 모든 것을 이와 같은 개방되고 안정된 방식으로 바라보게 된다.

명상을 생활화하는 일상적인 삶 속에서, 우리에게 근본적인 장애물이 되는 것은 개념들과 예측들이다. 우리는 우리의 삶을 여러 가지로 분류한다. 그러나 우리는 명상을 통해 주체와 대상의 상호 연관되는 과정을 얻을 수 있으며 모든 상황, 즉 세상과 함께 하는 것이다. 이 모든 환경과 함께 하는 우리의 관계들, 친구들, 가족들, 일 모두를 명상으로 삼을 수 있는 것이다.

예를 들어, 고통이나 혼란의 한 가운데 있을 때, 우리는 그 느낌에 머물며, 모든 측면으로부터 그것을 바라볼 수 있다. 그러는 동안 우리의 마음은 결핍된 고통으로 드러내어진다. 그런 다음엔 이러한 감정들은 이내 사라진다.

명상은 이러한 감정들을 억누르지 않고 명료한 마음으로 전환시킨다. 그러므로 명상적인 경험은 우리에게 경험을 바라보는 방식에 있어서 또 다른 통찰력을 제공하며, 이원론적인 관점을 광범위하게 바라볼 수 있도록 한다. 명상은 우리에게 개념들과 해석들로 확장된 경험을 할 수 있는 통로를 열어준다.

우리가 일반적으로 생각하는 방식을 넘어서면, 순수한 의식이란 개념만으로 존재하는 것이 아니라는 것을 깨닫게 될 것이다. 그것은 조건을 부여하거나 상황에 따라 달라지는 것이 아닌, 일반적인 삼사라의 단계를 넘어선 것이다.

이러한 경험은 우리의 일반적인 감각으로 얻어진 것이 아니며 또한, 우리의 경험에 대해 끊임없이 부여되는 어떤 의미의 정신적인 행위들로 얻어진 것도 아니다. 그것은 즉각적인 경험 그 자체이다. 다시 말하자면, 우리는 개념, 자신에 대한 고정관념, 집착들이 지닌 한계로부터 자유로워질 수 있다.

각각의 단독적인 경험과 인지력은 깨달음의 씨앗이 되며, 그것은 언제라도 우리에게 접근할 수 있다. 그런 다음엔 경험은 언어나 개념만이 아닌 우리의 삶 속에서, 고유의 아름다움과 모든

가치 속에서 그 자체로 의미가 형상화될 수 있다. 우리는 그 자
체로서 의미가 되며, 존재하는 모든 것들에 의해 깨닫게 된다.

인식

우리의 명상이 발전함에 따라, 우리의 인식은 점점 커지게 된다. 마음은 자연스럽게 혼돈과 불만족에 대해 명확해지며, 우리의 생각들이 어디에 있든지, 우리에게 무슨 일이 일어나든지 우리는 명상적인 명료함과 인식을 불러일으킨다.

우리가 이러한 인식을 드러내면, 우리 자신 안의 강인함과 진정한 믿음을 발견하게 된다. 그것은 오만한 자신감이 아닌 통합적이며 조화로운 긍정적인 생각을 갖게 되는 것이다. 우리의 모든 결정들은 어렵지 않으며, 모든 행동들은 깊고 풍요로운 인식으로부터 자연스럽게 일어날 것이다.

그러나 우리의 인식에 대한 일반적인 관념은 어떠한 대상에 대하여 연속되는 연상을 불러일으키고, 마음의 성향은 앞일을 미리 예측하여 넘겨짚거나 섣부른 상상을 한다. 그것은 언제나 대상을 따라가는 습성을 띤 인식의 종류이자, 예측하고 기대하는 삼사라의 인식인 것이다.

우리는 예측하고 기대하며 우리가 지닌 개념들과 느낌들, 과거와 미래를 감시한다. 일반적인 인식은 폐쇄적이며, 일차원적이다. 의식의 낮은 단계에서 우리의 행동은 그렇게 보이지 않을지라도 그것들은 얼마든지 예측이 가능하다.

이것은 게임 프로그램과 같은 단계로서, 우리의 의식은 생각과 상상의 미로에 제한을 받게 되며, 그것은 계속적으로 같은 게임의 양상을 유지시킨다. 오직 고요한 마음과 각성된 마음으로서만, 우리는 그것들을 작동하고 멈추게 한다. 이것은 의식이 존재한다는 것과 매 순간 삶의 모든 측면에서 정확하게 무슨 일이 일어나는지에 대한 것을 마음에 두고 실천하는 것이다.

마음에 집중하는 것은 날카로운 관찰을 요구하지만, 그것은 대상을 해석과 판단하는 행위로부터 자유로워져야만 한다. 마음에 집중하는 것은 우리의 일반적인 인식을 가장 섬세한 단계까지 발전시키는 것이다.

이러한 인식을 지님으로해서 생각과 감정의 조화가 깨져버리는 것에 반하여 우리는 우리 스스로를 보호할 수 있다.

183

마음에 대한 집중이 발전됨에 따라, 우리는 일반적으로 알고 있는 생각에 대한 이원론적인 방식을 넘어설 수 있다. 어쩌면 우리는 불이원론적(不二原論的)인 생각을 하지 않고 있을지도 모른다. 그러나, 이원론을 넘어 불이원론을 우리에게 취하는 것은 그다지 이롭지 않은 일인데, 더욱이 불이원론적인 개념은 우리를 경험으로부터 분리하기 때문이다. 그러므로 불이원론적인 개념은 실제로 우리의 신원에 대한 이원론적인 구조를 강하게 한다.

우리가 일반적으로 무엇을 생각하거나 행동하건 간에, 우리는 고정된 관념과 일정한 생각의 구조 안에 있으며, 그것은 우리의 의식이 한정되어있다는 것이다.

우리가 주체와 대상에 관련되지 않는 더 넓은 의식에 접하게 될 때까지는 한정된 생각의 구조만을 이해하는 단계에 머무른다. 진정한 인식은 모든 것을 보호하는 최고의 방어막이 되며, 그것은 전체적인 존재를 그 자체로 자연스럽게 유지시킨다.

인식의 표면적인 단계 아래에는 명확하고 아름다운 의식이 있으며, 그 의식은 어떤 것에 대한 것이 아니라 전체적인 드러남이다. 그러나, 경험 그 자체까지 관념이 뛰어넘는 것은 어려운 일이다. 그 첫 번째 장애물은 독단적이며 주관적인 마음의 태도인

데, 우리는 여간해서 이러한 이기적인 마음을 전환하기가 쉽지 않다. 왜냐하면 우리의 존재가 현실이라는 의미가 더 강하기 때문이며, 심지어 명상을 할 때도, 우리는 "명상을 하는 것은 나이다, 그것은 경험을 하는 것이다."라고 말하며, 마음의 부분적인 개념을 우리와 동일하게 여기려고 한다.

우리가 명상의 경험을 찾거나 강조하면, 명상 그 자체 속에 있는 삼사라의 마음으로 돌아가려는 성질에 얽매이게 된다. 우리가 통찰력에 대한 의미에 집착하는 것은, 이원론적인 구조 안에 객관적인 성질로 돌아가려는 것이며, 명상적인 경험을 하기 위해 시도하는 것은 우리를 버리는 행위이다.

심지어 우리가 명상을 할 때 고귀하고 축복된 느낌을 받으며, 긍정적이고 개방적이 된다 할지라도 우리가 그것들을 명상에 대한 주관적인 관점으로서 받아들인다면 그것들은 쉽게 사라져 버린다. 우리가 경험 전체를 건너뛰려고 하는 것은, 우리의 마음에 친밀하게 느껴지는 것들을 파괴하는 것이다.

우리는 관념과 형상, 고귀한 감정이 중심이 되지만 이렇게 드러난 것들은 단지 표면적인 현상이며, 경험의 부산물에 불과한 것이다. 결국에는, 우리가 찾고있는 인식에 도달할 것이라는 생각을 가능케 한다. 왜냐하면 우리가 해야할 모든 것은 지속성이 없는 것이며, 아름다운 경험들마저도 지나가 버리고 만다. 그것들에 대해 생각하지 말며, 어떤 것도 기대하지 말라. 오직 나타나고 사라지는 것들을 바라보라. 우리의 집중에 대한 단계는 집착과 결정론적인 판단력을 버림으로서 깊어질 수 있다.

인식을 발전시키기 위해서는 실천방법이 필요한데, 그러한 기술들은 단지 도구일 뿐이다. 그것들은 확고한 경험이 가능하도록 도울 수 있지만, 그 기술들에 의존해서는 안 된다. 왜냐하면 경험은 이미 우리와 함께 하는 것이자, 언제라도 접근할 수 있는 것이기 때문이다.

생각이 일어날 때마다, 일반적으로 우리는 그것과 동일화되며 그 생각에 대해 판단하려고 한다. 이러한 과정을 중지하려고 노력하라. 우리는 생각을 느낄 수 있고, 볼 수도 있으며, 생각이 일어나는 것을 경험할 수도 있지만, 생각 그 자체는 그것을 보는 사람에 의해 투영되는 것이며 그것을 보는 자와 구분될 수 없다.

이것을 이해하는 것은, 자신의 마음에서 빠져 나와 정신적인 관념의 흐름을 단순하게 보는 것이다. 과거와 미래를 반영한 관념을 버리고 그 사이를 제거하면, 생각과 관념을 바라보는 것이 아니라, 생각을 바라보는 이가 누구인지를 바라보게 된다. 그리고 그것은 발전하는 것이다.

우리가 생각을 바라보는 사람을 직접 바라보게 되면 우리의

186

의식과 그 바라보는 자는 하나가 되며, 또한 누가 어떤 것을 보고있는 것이 아니라, 오직 그 과정을 바라 보고있는 것이다. 거기엔 주체와 대상이 없으며, 그 순수한 의식의 과정을 경험할 뿐이다.

마음을 관찰하는 것은 직접적인 경험에 의해 드러난 우리의 객관적인 마음을 조심스럽게 보는 것이다. 주체와 대상은 마음 속에서 동시에 일어나며, 그 양쪽 모두가 마음을 나타낸 것이다. 그것은 어떤 특별한 상황도 아니며, 고찰해야할 어떤 것도 없으며, 되돌아 볼 것이나 기대할 어떤 것도 없다.

어떤 상태도 아니고, 확인할 것도 없으며, 두려워 보이는 것과 관련되어 있는 것은 아무 것도 없다. 그러나 두려워지는 것은 우리에게 두려워해야 할 어떤 것들이 필요하기 때문이다.

어떤 예기치 않은 순간, 우리는 아무것도 없는 상태에 도달하게 되는데, 그러면 더 이상 이기심에 흔들리지 않게 되며, 우리의 몸과 마음은 전체적으로 열리고 무엇이든 받아들일 수 있게 된다.

위험은 몸과 마음이 충돌할 때만 올 수 있다. 그러나 순수한 인식 속에서 이원론적인 관념을 넘어 더 이상 주체와 대상이 나누어지지 않게 되면, 무엇도 적이 될 수 없고 어떤 것도 두렵지 않게 된다.

그러나 우리가 어떻게 개념의 바탕 없이 존재할 수 있단 말인가? 어떻게 그러한 존재가 자신에 대한 의미를 지닐 수 있단 말인가? 처음에는 우리가 존재한다는 것을 받아들이기란 쉽지 않다. 그러나 명상 속에서 생각들 사이에 존재하는 고요한 상태에 접한다는 것을 알게되면 우리는 그것이 가능하다는 것을 알 수 있게 된다.

우리는 그 집중된 상태의 공간을 바라볼 수 있다. 하나의 생각이 사라지는 것은 그 공간 안에서 보여지는 에너지를 잡는 것이다. 오직 과거와 미래 사이의 그 공간의 에너지 속에 머물러라.

주의력을 가지고 혼돈을 피하라. 우리는 과거와 미래 사이의 순간을 불러낼 수 있지만, 사실은 우리가 오직 집중에만 열중하는 동안에는 현실은 존재하지 않는다. 왜냐하면 현재라는 것은 언제나 어떤 것에 대해 알고 있는 현재의 의식이 생기기 때문이다.

시간의 개념에 대해서도 만찬가지이다. 우리의 삶을 개념화하고 이해하는 것을 통해서, 우리는 시간이라는 관념을 만들어내며, 우리가 경험하기 위해서는 이러한 시간의 의미가 필요하다. 그러나 경험의 주체와 대상이 통합될 때, 우리가 알고 있는 것은 모든 것을 넘어서게 되며, 일반적인 마음을 초월하게 된다. 그러면 우리는 더 이상 시간 속으로 주체성과 연관되는 것들에 자신을 한정시키지 않을 것이다.

모든 생각과 관념을 시간의 관념 속으로 자연스럽게 흐르도록 놓아두는 것은, 배후의 어떤 강박관념에 구속되지 않고 모든 것을 남김없이 드러내는 것이며, 어떠한 조건이나 판단없이 상황을 그대로 보는 것이다. 배후에 어떤 것도 없다는 것, 심지어 내가 있다는 것조차 없다고 느끼는 것이 바로 진정한 현재이다. 다시 말해, 그것은 과거, 현재, 미래에 대한 시간의 흐름이 없다는 것이다. 모든 것은 순간 속에 있다.

우리의 마음 속으로 관념들이 들어오고, 시간에 대한 관념의 흐름이 지나갈 때, 에너지와 생각 그 자체만을 보아라. 생각의 한 부분이며 빈 공간의 상태로 열려있는 것을 느껴 보라. 드러나 있고 확장되어 있는 것을 보라. 보고있는 시간 속에서 듣는 것 또한 중요하다.

우리가 이러한 방식으로 볼 때, 우리는 눈과 함께 들리는 것을 통해 느낀다. 우리가 느슨하고 이완된 상태로 보는 것을 유지하면 보는 성질은 듣는 성질이 된다. 생각과 관념이 즉시 일어나면, 살아있는 성질을 보려고 시도하라.

각각의 단독적인 생각은 에너지의 핵심을 가지고 있으며, 힘과 인식의 중심을 지니고 있는데, 그것은 우리가 어떤 생각을 성취하고 있을 때 쉽게 찾아낼 수 있다. 그 중심의 에너지는 그 자체로 열려있을 뿐이며, 그것이 본질이다.

본질은 향상되거나 개선되는 것이 아니며, 그것은 무엇을 하거나 움직이는 것이 아니다. 본질은 과거도 미래도 아니며 현재도 아니다. 그러나 우리는 인식의 상태를 팽창시킬 수 있다.

첫 번째로 찾은 인식에 대한 작은 틈새는, 여러 갈래의 틈을 내고, 점점 크게 벌려져 전체가 보일 때 가지 넓어진다. 우리가 보고 있다는 것을 알면, 모든 상황과 연결된다는 것을 알게된다. 나중에 우리가 전체적인 몸과 마음이 끌려 들어가면, 모든 것은 한 인식의 부분이 된다. 우리는 몸을 넘어서고 공간을 넘어서 확장될 수 있으며, 거기에는 한계가 없다. 우리는 우리의 경험과 함께 하나이며, 그것은 명상의 실천을 통해 확장되었다가 수축되고 다시 인식의 상태로 확장된다.

이러한 본질적인 인식은 그 무엇에도 속하지 않으며, 완전하게 열려있는 새로운 차원이다. 인식의 우주적인 단계는 모든 것을 포함하며, 개인적인 인식은 어떤 것도 배척하지 않고 모든 의식을 포용한다. 모든 것은 명확하다. 우리는 매우 명료해지며, 전체적으로 균형을 갖게 된다.

본능적인 인식이 이렇게 팽창되는 것으로, 우리는 각자의 삶이라는 상황 속에서 조화롭게 행동하고 있다는 것을 알게 된다. 어떤 것이 되어야만 한다는 개념들로 인해 더 이상 방해받지 않고, 우리는 생각지도 않았던 방식으로 영향을 미칠 수 있다. 각각의 상황과 같이하는 통합된 존재 속에 우리는 전체적인 조화로 반응한다.

우리의 인식은 역동적인 성질을 지니고있으며, 그러한 방식 속에서 조화롭게 존재하므로써 우리의 에너지는 자유롭고 부드럽게 흐를 수 있다. 명상은 우리에게 풍요로움으로 가득 찬 깊이 있는 경험으로 안내해준다. 그리고 그것은 존재에 대한 가능성이며, 아름다움인 것이다.

현재에 대한 환영(幻影)

　오늘날과 같은 시대에는 '바로 지금' '바로 여기'와 같은 현재에 대한 삶의 중요성이 매우 강조되고 있다. 그러나 실제로 어떻게 '지금'이라는 존재의 세계가 있단 말인가?

　우리가 아주 조심스럽게 '지금'이라는 것을 살펴본다면, 아마 그것이 존재하지 않는다는 결론을 쉽게 내릴 수 있다. 그리고 당신이 생각한 현재는 이미 현재가 아니라고 생각할 것이다.

　처음에는 지금 내가 생각을 가지고 있고, 그것들이 지금 나에게 일어나고 있다는 것이 모순되는 것처럼 보일는지 모르겠다. 하지만 경험을 하는 모든 것은 지금 당신에게 일어나고 있는 것이다. 나는 여기에 있고 당신은 거기에 있다. 나는 당신에게 말할 수 있고 당신도 나에게 말할 수 있다. 당신과 나는 현실에 대한 서로의 생각을 한다는 것에는 서로 의문이 없다. 이 모든 것은 매우 간단하다.

그러나 그 현실은 각자를 위해서는 서로 다르다. 나는 나의 관점에서 어떤 한 가지를 보고 있으며, 당신은 나의 관점에서 다른 것을 보고 있다. 내 관점에서는 내가 경험의 주체이며 당신은 대상이다. 그리고 당신의 입장에서는 당연히 그 반대이다.

같은 현실에서 우리는 어떤 것도 정확하게 경험하는 것이 아니다. 심지어 우리가 어떤 특별한 상황을 철저히 정확하게 재현하려한다 할지라도, 그것을 결코 똑같이 할 수는 없다.

우리가 누군가에게 우리의 경험을 똑같이 일어나게 할 수 있을 지는 모르지만, 그 경험은 그에게 절대로 같은 것이 될 수 없으며, 받아들이는 그 자신의 인식능력에 따라 현실을 볼 것이다.

우리의 경험들과 현실들은 우리의 개인적인 의식에 의존한다. 그리고 그 의식이 얼마나 안정되어 있는지가 중요한 것이다. 약물, 질병, 노여움, 흥분, 피곤함, 모두는 우리의 마음 속 깊이 영향을 미친다. 예를 들어, 우리는 용을 본다거나, 색깔이 변하는 것, 공간이 움직이는 등 현실이 아닌 것들을 경험할 수도 있다는 것을 알고있다. 그러나 무엇이 현실인가?

우리의 감각, 인식, 생각, 지각, 기억, 경험, 느낌, 개념, 감정 등 이 모든 것들은 하나의 형태로 형성된다. 마치 꽃을 이루고 있는 각 꽃잎의 모든 구조가 한 송이의 꽃의 모습으로 나타나는 것처럼 말이다.

우리가 꽃이 어떻게 만들어졌는지 알기 위해 그것들을 여러 조각으로 분리하면, 그것은 더 이상 꽃이 아니다. 마찬가지로, 우리가 우리의 경험을 부분적으로 분리하면, 그것은 더 이상 같은 경험을 하고 있는 것이 아니다.

우리의 일반적인 경험은 이중적인 양상을 띠는데, 우리는 '나'라는 경험자가 되어 즉, 주관적인 경험의 대상으로 세상을 나눈다. 우리가 특별한 경험을 하는 동안 주체는 대상에 대해 생각하거나, 어떠한 방식으로든 간주해버린다. 그러나 우리의 생각은 순전히 경험을 반영하며, 대상 없이 스스로 경험이 될 수 없다. 경험의 단일한 구조가 존재한다기보다는, 우리의 경험은 서로 겹쳐지는 것이다.

경험을 분류하고 세분화하려는 것은 분리감을 느끼게 하고 혼란을 야기할 뿐이다. 우리는 오늘날과 같은 복잡한 삶을 통해 이러한 혼란을 피곤해 할 것이다. 그래서 우리는 현재를 살기 위해 책임을 회피하며 삶을 간소화하려고 한다. 그러나 이러한 현재의 삶을 여전히 주체가 대상을 시험하고 있는 상태에 고착되어 있는 것이다.

194

현재에 속해있다는 것 또는 지금 여기에 있다는 것이 무엇을 의미하는지에 대한 우리의 생각은 우리를 복잡하고 혼란스럽게 한다. 관념과 경험이 일어난다는 것을 믿는 마음, 이 마음은 어디에 있는 것인가?

생각들은 존재한다. 그리고 우리는 현재에 대한 의미를 가지고 있다. 또한 우리는 의식을 가지고 있다. 그러나 우리가 가지고 있는 실제적인 경험을 바로 지적하려고 하면, 우리가 묘사한 것이 실제적으로 현실적인 경험인지에 대해서는 어떤 것으로도 찾아낼 수가 없다.

우리가 찾는 것은 결코 경험에 대한 실제일 수 없지만, 오직 개념을 세우는 것만이 우리가 경험한 것의 한 형태가 이루어지는 것이다. 우리가 현재 속에서 삶에 도전하는 것은 개념과 시간과 일반적인 경험을 넘어서려고 하는 것이지만, 어떤 기대를 가지고 우리가 하는 모든 것은 우리의 이원론적인 마음을 강화하는 것일 뿐이다.

그렇다면 우리가 어떻게 우리를 막고있는 한계적인 범주를 넘을 수 있겠는가? 그 첫 번째 단계는 하늘의 구름 같은 형상을 하고 있는 언어와 관념, 그리고 개념들에 포함된 그와 관련한 모든 것들을 깨닫는 것이다.

하늘의 구름들은 모두 다른 모양을 하고 다르게 움직이는 것이 명확히 보인다. 그러나 그것이 하늘에 떠 있다는 것은 마찬가지이다. 또한, 우리는 우리의 감정, 상상, 개념 등을 수단으로 한 다른 경험의 모습을 만들어낸다. 한 예로, 우리는 하늘을 몸부림치며 구름 속을 가르는 용의 이야기를 지어낸다.

우리는 일반적으로 이러한 구름에 대한 경험이 마치 진정한 경험의 대상인 것처럼 여기고 그로부터 우리를 분리한다. 그러나 그것이 외부적으로만 드러난 것을 알게되면, 우리는 구름과 같은 개념들과 감성들을 넘어 주체와 대상의 이원성이 없는 미세한 공간에 안주할 수 있을 것이다.

처음부터 텅 빈 공간이 존재한다는 것을 받아들이는 것은 어려운 일이다. 왜냐하면 우리는 그것을 받아들이는 성질의 인지력이 발전되어있지 못했기 때문에, 그런 경험을 어렵게 이해하는 것이다. 그러므로 제일 처음에 우리는 이성(理性)과 지혜(智慧)를 포함한 이지적인 이해력이 필요한 것이며 그 다음에 명상을 통하여, 실제적인 경험으로 스스로를 드러낼 수 있게 된다.

이지적인 이해는 경험을 부양(浮揚)하며, 경험은 깊은 이해를 고무시킨다. 이렇게 서로 상호적으로 지지하며 더욱더 깊이 있게 함께 하는 것이다.

우리의 이지적인 이해는 어떠한 대상이 이성적인 방식 안에서 어떻게 증명되는지 검사하는 장치이다. 이것은 중요한 능력이지만, 그리 의지할 만한 명확한 기준이 못된다. 왜냐하면, 개념과

196

논리는 우리를 너무 먼 곳으로 데려가기 때문이다. 오직 경험만이 우리를 관념과 개념, 그리고 언어와 시간을 넘어서게 할 수 있다. 그러나 이것은 경험에 대한 일반적인 관념이 아니라, 순수한 의식인 것이다.

명상은 우리의 개념과 관념이 온전히 드러난 의식 속으로 녹아 들어갈 수 있도록 돕는다. 우리는 명상으로 우리의 경험적인 단계에 밀접하게 접할 수 있으며, 그것은 깨달음과 높은 의식에 이르는 기초가 된다.

우리가 어떤 순간을 바로 지날 때나 형상이나 개념의 구름 속을 용해시킬 때, 또는 순수한 경험으로 녹아들 때, 우리는 위대한 원천, 깨달음의 상태를 발견한다. 우리는 모든 생각 속에 놓여있는, 위대한 보물을 찾는 경험을 통해 우리의 것으로 만들 수 있는 것이다.

의식의 진정한 이해가 일어나면, 모든 것은 명상의 부분이 된다. 우리는 즉각적으로 경험하는 대상의 중심이지만, 여전히 특정한 외부적인 형상 그 자체로 있으며, 내면의 경험을 표현하기 위해 개념과 손짓 등을 사용한다. 이러한 것은 진정한 통합이며, 우리의 전체적인 본질과 경험의 실제, 그리고 시간이나 공간으로 한정되어 있지 않은 지금의 상태에 맞닿은 것이다.

명상 속에서 이러한 현실과 지금 바로 이 순간을 찾는 것은 가능한 일이다. 우리는 생각들 사이에 존재하는 공간 속에서 그 모두를 찾는다. 그것은 의식의 근본으로 고요하며, 평온한 장(場)이다. 우리의 감각으로부터 모든 정보를 그 장에 안착시키며, 그것은 마치 땅에 씨를 뿌리는 것과 같은 것이다. 여기에서 씨는 모든 경험과 모든 정신적인 행동, 그리고 긍정적이거나 부정적인 모든 것들을 말하는 것이며, 그것들을 모두 한 곳에 경작시키는 것이다.

올바른 상황이 되면 씨는 싹을 틔우게 되며, 이렇게 싹을 틔우는 것은 삶이 역동적으로 일어나는 것이다. 또한, 그것은 카르마가 소멸되는 것이다. 우리에게 각각의 장은 동일하며, 카르마는 의식의 장을 삼사라의 개별된 의식으로 일어나게 하여, 각각의 개인적인 유일한 의식으로 전환시키는 원동력이 된다.

그 자체에 의한 인식은 특별한 성격으로 결정되지 않는다. 우리는 니르바나(Nirvana)《열반, 해탈》의 관점에 머물 수 있다. 마찬가지로 삼사라의 의식에도 머물 수 있다. 차이점은 오직 삼사라의 범주 안에서 생각은 주체와 대상의 의미인 이원성을 창조하면서, 그 사이를 구분하는 의미를 갖는다는 것뿐이다.

일반적으로 우리가 현재라고 하는 것은 과거와 미래 사이에

198

있는 것이라고 결정한 것뿐이다. 그러므로 우리가 실제로 자각으로 인한 현재를 경험하기 전에, 이러한 개념과 구별의 과정을 초월할 필요가 있다. 우리의 의식이 현실을 드러내고 있는지 환상을 드러내고 있는지 결코 확신할 수 없을 때까지...

명상을 어떻게 하는지 알고싶어하는 어떤 목동에 대한 이야기가 있다. 그런데 그는 소치는 일만하며 삶을 보냈기 때문에, 그가 아는 것은 오로지 들판에 있는 소들을 어떻게 다루어야 하는가에 대한 것뿐이었다.

하루는 그의 스승인 나가르주나(Nagarjuna)《용수(龍樹), 서기 150~250년 사이에 유명한 학자이면서 수행자. 부처님으로부터 16조의 대를 이은 분이며 중관학파(中觀學派)의 수장》가 그에게 어떻게 명상을 진행하고 있는지에 대해서 물었다.

목동은 대답했다.

"자신이 명상을 하고 있는 동안에는 언제나 자신의 소들의 얼굴이 마음 속에 들어있다"고 대답했다.

나가르주나는 다시 물었다.

"그대는 자신이 무엇을 보고있었는지에 대해서 더욱 뚜렷하게 생각할 수 있는가? 그리고 여섯 달 동안 그러한 심상을 간직할 수 있겠는가?"

그 목동은 그렇게 하겠노라고 대답했다.

매일 여덟시간 동안, 그 목동은 소의 얼굴을 형상화하려고 골똘히 집중했다. 여섯 달 후에, 그의 얼굴은 소의 얼굴처럼 되었고, 심지어는 뿔까지 자라났다. 나가르주나가 돌아와서 그 목동에게 집으로 돌아갈 시간이라고 말하자, 그 목동은 자신의 뿔이 너무 커서 집의 문을 통과할 수 없기 때문에 돌아갈 수 없다고 대답했다. 그래서 나가르주나는 다시 같은 방법으로 명상을 하되, 이번에는 뿔이 없는 소를 형상화하라고 했다.

며칠 후 그 뿔은 사라졌다. 그리고 그 목동은 집으로 돌아갈 수 있었다. 바로 그때, 나가르주나는 그 목동이 이미 더 큰 가르침을 받아들였음을 알 수 있었다.

이것은 의식이 작용하는 방법이다. 그것은 환영(幻影)을 창조할 수 있으며 삼사라 속의 세상으로 바꿀 수도 있다. 또한, 그 의식은 환영을 뚫을 수-도 있으며 세상을 니르바나로 깨닫게 될 수도 있다. 의식을 행하기 위한 의미들은 완전히 우리에게 달려 있으며, 그 선택은 혼자서 만이 가능하다.

제5장 삶의 법칙 다르마

삶의 법칙 안에서

많은 일생 동안 우리는 자각에 대한 잠재력을 무시한 채 우리의 이기심이 요구하는 것을 따라왔다. 이러한 것들은 오직 우리의 자기 중심적인 면만을 추구한 권태와 욕망, 그리고 좌절뿐이라는 것이 분명하다.

그렇다면 우리는 앞으로 끊임없는 만족을 더욱 찾으려고 할 것이며, 그것을 찾아 우리를 붓다의 가르침인 다르마(Dharma)《법칙, 정의》로 이끌 것이다.

그러나 그러한 가르침 속에서의 우리의 주된 관심은 종종 자기중심적인 측면을 갖는다. 우리는 어쩌면 이색적인 삶의 방법으로 권태와 좌절에서 구제되기를 희망하는지도 모른다. 아니면, 혼돈과 억압된 상태에서 우리를 자유롭게 하고 행복하게 만들기 위해, 모든 문제를 해결하기 위한 다르마를 찾는지도 모른다. 그래서 종종 우리의 삶이 행복하지 않거나 충족되지 않으면 곧잘 실망하곤 한다.

왜냐하면 그것은 우리가 다르마에 대한 기대감을 너무 많이 가지고 있기 때문이며, 결과가 즉각적으로 오지 않으면 관심을 잃어버리기 때문이다. 우리는 깨달음 안에서는 모든 것을 인내하려고 노력한다는 것을 발견한다.

우리가 추구하는 것은 친구들이나 가족들, 그리고 자신의 욕망에 의해 쉽게 유혹을 받으며, 자기 중심적인 욕망은 기쁨에 대한 열망과 가르침을 따르려는 노력, 그리고 수행에 대한 의지를 방해한다.

이러한 이유로, 우리가 우리에게 도움이 되는 가르침을 찾을 때는 그것과 함께 머무는 것이 중요하며, 그것은 우리가 할 수 있는 만큼 다르마에 몰두하게 하는 것이다. 우리가 가르침의 진정한 본질을 '다르마가 곧 삶의 방식'이라는 것을 찾게됨으로써, 자기중심적인 욕망은 그 의미를 상실한다.

붓다가 그의 사촌인 난다(Nanda) 《아난다(Ananda), 부처님의 사촌이며 부처님의 십대 제자 중에 모든 경전을 남긴 제자》에게 다르마에 대하여 더욱 깊이 있게 연구하고 실천하도록 했지만 난다는 시간이 없다며 거절했다.

"나는 사랑하는 여인과 함께 하기를 원합니다. 더군다나 나는 연구하거나 수행하는 것이 싫습니다."

그러자 붓다는 대답했다.

"그렇다면 나와 함께 짧은 여행을 하자, 장소는 네가 보면 좋을 만한 곳으로 정하겠다."

난다는 여행이 너무 길지만 않다면 그렇게 하겠노라고 했다. 붓다는 하늘의 왕국에 있는 한 사람에게로 난다와 날아갔다. 그리고는 사촌에게 그 주변을 둘러보도록 하고, 그 동안 붓다는 가까운 숲 근처에서 명상을 했다.

난다가 보고있는 궁전은 무지개 빛으로 아름답게 빛났다. 왕자로 보이는 사람은 사방에서 춤추고 있는 사랑스런 여인들과 함께 가르침을 들으면서, 시인이 노래하고 있는 쾌락의 정원을 걷고 있었다. 난다가 찾아갔을 때, 그는 하늘을 날아다니는 천상의 여인들을 보았다. 그는 여러 시간이 지나가도록 알아보지 못했던 궁전의 아름다움에 깜짝 놀랐다.

그러나 그는 다른 사람들은 모두 동행하는 사람이 있는 반면에, 자신만이 홀로 밖에서 그것을 바라보고 있다는 것을 알지 못했다. 그때, 그는 궁전에 있는 모든 것을 합쳐놓은 것보다 더 아름다운 다섯 명의 여인들을 보았다. 주변에 남자는 아무도 없었다.

그래서 그는 그녀들에게 다가가서 말했다.

"당신들은 내가 본 유일한 여인들입니다. 정말 묘합니다, 당신들은 누구입니까?"

그녀들은 말했다.

"오, 우리는 다르마를 실천하는 것에 관심을 갖게 될 확실한 젊은이를 기다리고 있습니다. 왜냐하면 그는 긍정적인 카르마를 창조하고 있으며, 여기에서 태어날 것이기 때문입니다."

"그 행운의 사나이가 누구인지요?"

그가 물었다.

"붓다의 사촌입니다."

그들은 대답했다. 난다는 그들의 답변에 너무나 고무되어서 그는 바로 명상을 하고 있었던 붓다에게 황급히 돌아갔다. 그리고는 자신을 제자로 받아들여달라고 부탁했다.

난다 또한 처음에는 우리들과 마찬가지로 다르마에 이끌리지 않았었다. 그는 삶을 더욱 즐겁게 해줄 것들에만 관심이 있었다.

그러나 후에 그의 수행이 발전됨으로서 그는 천상의 왕국이 갖는 영광을 능가하는 다르마의 깊이와 아름다움을 발견했다. 그는 세상의 집착을 전환함으로써, 깨달음을 얻게 되었다.

　우리는 더욱 복잡한 시대를 살고 있기 때문에 다르마를 실천하는 것은 우리에게 더욱 어려운 일이다. 오늘날, 모든 사람이 쾌락과 돈, 권력, 명예 등을 얻기 위해 투쟁하며 더 많은 혼란을 겪는다.

　다르마를 따르는 것은 인내심과 노력, 훈련을 요구하며, 명상에 대한 기술과 이해를 발전시키기 위한 시간이 필요하다. 심지어 우리가 수행하기 위한 충분한 동기를 가진다 하더라도, 시간이나 기회를 갖지 못할 수도 있으며, 아니면 우리는 믿을 만한 스승을 찾지 못할는지도 모른다.

　어두운 칼리 유가(Kali Yuga)《물질적인 시대》의 시대인 현대에도 몇몇 진정한 스승들이 남아있기는 하지만, 많은 사람들이 이 시대를 황폐화시켰다. 그들은 우리가 생각하는 매우 감동적인 가르침을 주고 심지어는 능력까지도 줄 수 있겠지만, 그러나 결국 진정한 가치가 되지는 못할 것이다.

어떤 염소 치는 목동에 대한 이야기로 예를 들어보겠다.

염소를 치는 목동이 있었다. 그의 일은 고되었고 항상 먹을 것이 충분하지가 못했다. 그래서 그는 자신의 주인보다 먼저 몰래 염소젖을 짜서 훔쳐먹는 습관을 갖게 되었다. 그는 언제나 충분히 젖을 훔쳐먹었기 때문에 더 이상 배고프지 않게 되었다.

그는 매일 염소의 젖을 몰래 짜서 마시고 남는 것은 그가 기거하는 동굴 옆으로 흐르는 강물에 쏟아버렸다.

그때, 한 나가(Naga)들의 가족이 그 강에 살고 있었는데, 나가들은 염소젖을 좋아했다. 나가들의 왕은 누군가 분명히 어떤 이유 때문에 귀한 염소젖을 제공하고 있다고 생각했다. 하루는 그가 밤중에 나타나서 그 목동에게 물었다.

"무슨 이유로 이렇게 훌륭한 음식을 우리에게 제공하는 것이오?"

목동은 말했다.

"나는 대단히 위대한 사람이오. 그렇기 때문에 나는 당신에게 먹이를 주는 것이외다."

나가는 대답했다.

"친애하는 선생이시여, 나는 당신에게 무엇을 드려야 합니까? 나는 당신이 원하는 어떤 능력이라도 줄 수 있습니다만…"

목동은 우쭐해져서 말했다,

"나는 공중에 떠 있을 수만 있다면 좋을 것 같소. 그러면 나는 나의 능력으로 인해 많은 제자들을 이끌 수 있을 것이오."

"좋습니다. 만일 당신이 염소젖을 내게 계속해서 공급한다면 나도 당신이 원하는 것을 들어주겠습니다. 당신이 제자들에게 가르침을 베풀 때, 당신은 나의 등위에 앉게 될 것입니다. 그러나 누구도 당신만을 볼 수 있지 나를 볼 수는 없을 것입니다."

목동이 공중에 떠있는 능력에 대해 소문이 퍼지자, 많은 마을 사람들이 그에게 가르침을 받기 위해 몰려들었다. 그의 가르침은 의미가 없음에도 불구하고, 많은 사람들은 그의 공중에 떠있는 능력 때문에 그를 존경했다.

하루는 위대한 판디트(Pandit) 《학자이며 수행자》 나가르주나(N-agarjuna)가 그 목동에 대한 이야기를 듣고, 그를 보러 왔다. 하지만 목동은 판디트 나가르주나가 위대한 스승이라는 것을 알고 있었기 때문에 자신을 볼 수 있다고 생각하여 목장을 떠나 도망가버렸다. 그 이후 속임수를 알아버리고 혐오감을 느낀 제자들은 모두 목동을 떠나갔다.

그 목동과 같이, 우리도 얼마간은 어떤 힘이나 능력을 얻은 것처럼 보일 수도 있다. 그러나 누군가로부터 빌려온 거짓된 능력은 의지할 만한 것이 못된다. 진정한 힘이란 자신의 마음과 감정을 제어할 수 있는 능력이며, 그것은 오직 자신의 노력에 의한 것으로만 얻어지는 것이다.

깨달음의 진정한 경험은 오직 자신의 행동을 통해서만 얻을 수 있는 것이기 때문에, 우리는 자신에게 성장이 될 만한 것은 무엇이라도 행해야만 한다. 심지어는 부엌이나 공장에서 일하는 것조차도 우리의 의식을 발전시키도록 기회를 준다.

삶을 살아가면서 자신을 스스로 점검하고 대면하며 삶을 진지하게 이끌어 갈 기회는 결코 부족하지 않다. 진정한 헌신과 믿음, 수용력은 자신의 마음에서 비롯된다. 나중에 우리가 피할 수 없는 어려운 상황이 오더라도, 우리는 내면의 잠재된 가르침을 잊지 않을 것이다. 그리고 이러한 어려움은 내면의 성장과 깨달음의 새로운 기회로 돌아올 것이다.

파카 트루방와(Paka Trubangwa)라고 하는 젊은 수도승에 대한 이야기가 있다.

그는 글을 읽을 줄 몰랐기 때문에, 그의 스승은 그에게 매일 매일 사원을 청소하라고 했다. 여러 과목을 공부를 하는 대

210

신에 그는 몇 년간 사원 청소만을 했다. 젊은 수도승은 사원이 깨끗해진 것처럼 이 말을 반복했다.

"그 티끌은 사라졌다, 그 작은 것은 사라졌다."

어느 날, 그는 생각했다.

"티끌이 무엇인가?"

순간 그는 진정으로 사라져야 할 티끌은 우리 감정의 족쇄라는 것을 이해하게 되었다. 그는 더욱 그 말들을 반복해서 말했고, 점점 더 존재의 본성에 대해 깨달아 갔다.

우리에게 동기부여와 집중을 염두에 두는 것은 중요하며, 우리가 무엇을 하던 간에 그러한 티끌들은 황금으로 바뀔 수 있다. 대부분의 경우, 만일 누군가 사원을 청소하는 것말고는 어떤 것도 하지 말라고 한다면, 우리는 몹시 분개할 것이다. 그러나 우리가 삶에 대해 모든 것을 받아들인다면, 우리는 어떤 상황에서도 배울 만한 것을 찾을 수 있다.

실제로 다르마는 우리의 삶의 한 부분이며, 우리는 다르마의 한 부분이 된다. 마음이 강해지게 되면 용기와 신념이 따라온다

18세기 티벳의 라마 지그마이 링파(Jigmay Lingpa)는 말했다.

"당신이 몇 년에 걸쳐 수행에 관한 위대한 지식과 지혜를 얻고 인내하여 열정적으로 명상에 몰입한다 할지라도 당신은 깨달음을 얻는 것으로부터 멀어지게 될 것이다. 인간은 오직 스승과 그 가르침에 대한 진정한 헌신과 온전한 믿음을 통해서만 궁극적인 깨달음을 얻을 수 있다."

믿음과 헌신, 다른 사람들에게 해야할 의무의 인식이 결합되었을 때, 우리는 살아있는 모든 존재들에 대한 진정한 사랑과 자비로 그들을 깨달음으로 이끌어야 한다.

헌신과 자비심은 서로 보완하며 우리의 실천을 지지한다. 우리의 자비심이 충분히 강해졌을 때, 그것은 우리를 헌신하게 하며 헌신과 자비심 모두를 지니게 되면, 우리의 모든 삶은 사랑으로 조화와 균형을 갖게 된다.

그것은 매우 단순하다. 헌신과 자비심은 우리를 절대적인 깨달음으로 아주 가까이 이르게 한다. 헌신은 우리의 근본적인 에너지 또는 내면의 명확함을 자각하게 하는 인식의 마음을 열어준다. 헌신은 더 높은 에너지, 순수의식에 모든 것을 맡기는 것을 의미하며, 모든 것을 맡기는 것은 드러내어짐, 즉 다르마가 우리의 마음에 도달하도록 인정하는 것을 요구한다. 그리고 자비심은 그 출구를 제공한다.

우리가 스스로 드러낼 수 있다면, 모든 이원론적인 개념은 구름처럼 흩어져 버릴 것이다. 우리는 경험의 모든 부분을 받아들이게 되는데, 그것은 모든 것은 온전하고 조화로워 보이기 때문이다. 우리는 여전히 많은 장애물들을 가지고 있을 것이다. 그러나 관대함으로 우리의 결점을 받아들일 수 있을 것이다.

우리가 다르마를 통해서 스스로를 드러낼 수 있을 때, 우리는 다르마가 우리에게 가장 믿을 만한 안내자이며, 영원한 현재의 친구이자 동지라는 것을 깨닫게 될 것이다. 드러나는 것으로 인해, 우리는 우리의 모든 경험 속에서 붓다의 가르침을 알게 된다.

그렇게 되면 모든 것은 다르마에 영속된다. 다르마가 우리의 마음과 우리의 가슴속에, 그리고 우리의 혈류를 통하여 흐르는 느낌 속으로 들어가면, 우리는 다르마의 삶을 사는 것이다. 이것을 이해하는 것은 다르마 안에 있는 것이며, 우리와 다르마 사이에는 어떤 장벽도 존재하지 않게 된다. 이러한 것은, 우리 자신의 진정한 본성에 모든 것을 맡기는 것이다.

안식

불교의 길에서 가장 처음으로 거쳐야할 기본적인 단계는 붓다 안에서, 다르마와 영적인 회합(集會)인 상하(Sangha)에 안식을 취하는 것이다. 이깃은 깨달음의 길을 따르는 우리의 진정한 안내자와 보호자, 계몽자로서의 세 가지 역할을 하게 된다.

우리는 붓다의 발현으로 나타난 자신의 스승에게 은신하며, 불교 경전에 기록된 주석의 가르침으로, 다르마에 안식을 취한다. 그리고 우리는 과거나 현재 그리고 미래에도 자신의 수행과 계속적인 노력으로 우리에게 용기를 북돋아 주며 같은 길을 가는 동료들에게 안식을 취한다.

우리가 지금의 상태보다 영적으로 더욱 높이 승화되기 시작하는 것은 자연스러운 일이다. 이러한 것은 대부분 이로운 것으로, 자신의 욕망은 얼마나 줄일 수 있는지, 다른 사람들의 요구를 얼마나 존중하는지, 정직하게 살려면 어떻게 해야 하는지에 관한 것들이다.

그러나 우리는 오직 스승과 책으로부터 그러한 가르침을 알 수가 있으며, 내면의 경험으로부터 영적인 진실들을 실현하기 위한 이해력을 스스로 열어놓는 것이 필요하다. 우리가 진정으로 열리게 되면 붓다와 다르마, 그리고 상하《영적인 회합, 승(僧)》에 대한 내면적인 관계를 확립할 수 있으며, 우리는 깨달음으로 깨어나기 시작한다.

영적인 행위들은 우리가 열린 마음으로 행동할 때, 자연스럽게 일어난다. 그러나 마음을 열기 위한 방법은 오직 가르침뿐이다. 하지만 그 가르침들을 이해하기란 쉽지가 않다. 또한, 많은 사람들은 가르침과 일치되는 행위를 배우지만 실제로 어떻게 살아야 하는지 아는 사람들은 그리 많지가 않다.

예를 들면, 에고를 포기하라는 가르침이 있다. 우리는 어쩌면 영적인 단체와 결합하거나 경전 연구에 시간을 보내기 위해 자신의 개인적인 관심을 포기하려고 노력할는지도 모르겠다. 그러나 그러한 에고는 도서관에서 아무것도 하지 않고, 마음 편하게 있는 것이거나, 아니면 수도승이 심심풀이로 극장에서 영화를 구

경하는 것과 같은 것이며, 어쩌면 그보다 더한 것일 수도 있다.

많은 사람들은 그들이 이루어낸 것이나 명상, 사드하나(Sadhana)《수행의 과정》, 만다라(Mandala)《우주적인 도형》, 그리고 전수 받은 것들에 관한 지식에 대해 매우 자부심을 가지며, 심지어는 어떤 종교적인 경험마저도 자부심을 갖는다.

그러나 깨달음은 그 개념이나 이미 경험한 것들과는 아무런 관련이 없다. 실제로 에고를 포기하는 것은 우리의 내면과 외부 사이에 어떤 차이점도 없다는 것을 알게 되었을 때 일어나는 것이다.

삼사라의 단계에서 붓다가 남겨놓은 가르침으로부터 수집된 어떤 비범한 지혜들이 진정 붓다가 발견한 것이라고 추측할 수도 있다. 그러나 붓다 다르마는 가르침에 대한 왕도가 아니다. 붓다가 수십 세기 전에 깨달은 것은 의식 속에 있는 것이며, 그만이 속해있는 것 자체이며 그만의 깨달음인 것이다. 깨달음의 성질은 언제나 그 의식 속에 있으며, 언제나 접근할 수 있는 것이다.

어떤 사람들은 영적인 진리를 위하여 자기 스스로의 내면을 보는 것은 자기본위의 이기적인 것이라고 한다. 또한 이타적이고 자기본위에서 벗어나야만이 세상의 다른 사람들을 위해 일하는 것이라고 말할 지도 모른다. 그러나 우리가 진정한 내면의 진실

을 찾을 때까지, 우리는 언제나 세상 속에서 스스로 휘말릴 것이
다. 우리가 자신과 타인이라는 조건으로 세상을 생각하는 동안에
는, 우리의 행동은 자기의 판단기준이 될 것이다. 우리의 자아는
우리에게 긍정적이며, 한정된 곳으로만 우리를 이끈다.

　우리는 다른 사람들을 돕기 이전에, 우리가 행하는 일이 자신
을 얼마나 강하게 만드는 일인지 생각해 볼 필요가 있다. 그것은
우리 안에 살아있는 붓다와 다르마를 받아들이는 것으로 인해,
우리는 힘을 얻게 된다. 그러나 대부분은 이러한 내면의 진실을
아직 경험할 수 없다.
　우리가 시도할 수는 있지만, 주관적이거나 객관적인 것을 지
향하는 단계에서는 현재를 위하는 것이 더욱 현실적으로 느껴질
수도 있다.
　이것은 명상이 왜 그렇게 중요한가를 말하는 것이다. 명상은
우리에게 경험을 개념적으로 다루는 방식을 허물고 구체적으로
현실화시킬 수 있도록 할 것이다. 그리고 이러한 현실화는 우리
에게 더욱 각성된 관점을 갖도록 할 것이다.
　명상은 개념적인 단계의 아래에 놓여있는 고요와 명확함에 접
하게 하며, 우리가 어디에 있건 항상 안정감 속에 있도록 한다.

우리에게 더욱 강건한 현실을 제시하는 이러한 방식에 안식을 취하라. 그리고 확고한 신념으로 매일의 삶을 이루어 나가라. 이것은 더욱 높은 단계에서 안식을 취하는 것이다.

궁극적인 안식은 우리가 인위적으로 존재를 구별하는 것이 아니라, 즉각적으로 본질을 알게되는 명상적인 상태에 안전하게 도달하는 것이다. 이러한 높은 단계에서 우리는 모든 경험을 순수한 의식으로 보며, 명상을 통해서 접하는 것이다. 거기에는 붓다도, 다르마도, 상하도 없으며, 주체와 대상, 또는 나라고 하는 것도 존재하지 않고, 다만 어떤 것이라도 은신하는 것이다. 즉 안식을 취하는 것이란 모든 것이 떨어져 나가는 것이다.

우리가 어떻게 안식을 취하는지 알게되고, '나는 강해져야 한다'는 강박관념이 사라지면, 우리는 진정한 보호 안에 있는 것이다. 우리가 붓다, 다르마, 상하는 살아있는 현실로 깨닫는 동안, 모든 경험이란 붓다, 다르마, 상하의 일부분이라는 것을 뜻하며, 또한 종교적인 경험 또한 그것의 한 부분이다.

경험이란 지각과 인식력의 일반적인 단계와는 완전히 다른 수준에 있다. 보는 것, 듣는 것, 만지는 것, 이 모든 경험의 차원은 전체적으로 살아있으며, 무한히 풍부한 것이다.

다르마를 언제나 다룰 수 있도록 배우고 연구하는 원천은, 바깥으로 향해있는 것을 찾는 것이 아니라 우리의 경험 속에 언제나 존재하는 것이다. 이것은 삶의 다르마를 배우는 것이며, 우리

218

가 다르마를 통해 열리게 되면, 현재의 집착에서 탈피하고 상하의 의미에 대해서도 쉽게 이해할 수 있다. 그리고 모든 존재의 근원적인 통합을 이루게 될 것이다.

우리가 우리의 경험과 일치되면, 붓다 그 자신이 나타나게 될 것이다. 그러므로 매일매일 우리는 붓다, 다르마, 그리고 상하의 삶을 마음에 새겨야 하며, 이것은 안식을 취하는 것이다.

우리가 안식을 취하는 여러 가지의 단계들에서는 우리의 이해력을 요구하는데, 처음 단계에서는 붓다, 다르마, 그리고 상하가 우리를 안내하고, 보호하며, 편안하고 유익하게 한다는 것을 깨닫기 시작한다. 이 지점에서 우리는 스스로를 보호하며, 몸과 마음을 건강하게 하는 것에 관심을 갖게 된다.

그 단계에서 다소 깊어지게 되면 우리는 붓다 다르마(Budd-hadarma)《부처님의 진리, 깨달음의 진리》는 우리의 삶의 중심이라는 것을 깨닫게 되며, 모든 경험 안에 그 아름다움과 의미를 자각하게 된다. 그 단계에서 더욱 깊어지면 우리는 붓다, 다르마, 상하는 언제나 우리와 함께 하는 것이라는 것을 깨닫게 되며, 그렇게 되면 외부적인 의식이 필요없게 된다. 그리고 가장 깊은 단계에 들어가서는, 더 이상 어떠한 안식도 필요하지 않게 되는데, 그것은 에고가 더 이상 존재하지 않기 때문이며 거기에는 모든 차원에서 완전한 만다라(Mandala)만이 있을 뿐이다.

사랑과 자비심

우리에게 경험에 대한 이해력이 깊어지는 것은 자비심에 대한 문을 여는 것이다. 우리뿐만 아니라 다른 모든 것들이 경험하는 고통과 무지에 대한 인식을 발전시키는 것은 연민을 자극하여 감정을 이입(移入)하는 것이다. 이것은 다른 사람들에 대해 사랑의 감정으로 관심을 갖도록 고무시키는 것이며, 그 사랑은 우리의 경험에 대한 개념과 의미에 연결을 풀어주며, 또한 주관적이지도 객관적이지도 않다.

자비심은 누군가의 상황을 충분히 경험할 수 있는 능력이다.

친밀한 가족 관계는 이러한 능력이 발전되는 데 도움을 주지만, 오늘날의 가족 공동체의 의미는 강하지 못하다. 그렇다해도 우리는 가족의 지원 없이 우리 스스로 내면을 이끌어 낼 수 있다.

우리가 다른 사람들과, 심지어는 친한 친구들과도 일치되는 점을 찾기 어렵다는 것을 알게되면서, 우리 자신과 우리의 소유물을 보호하려는 노력을 아끼지 않는다.

우리는 좀처럼 다른 사람들을 관심의 기울이지 않으며, 타인의 요구와 갈망은 생각하지 않으려 한다. 다른 사람에 대한 관심과 반응은 모두 자비심에 대한 기초이며, 자기 성장을 위한 작은 기회이다.

타인에 대한 자비심을 갖기 위한 방법은 다른 사람들을 돕기를 소망하는 것이다. 이러한 단순한 행위로 마음은 자동적으로 열리게 되며, 우리는 우리의 지각력을 넓히고 다른 사람들의 요구에 대한 감성을 확장시킨다. 그러면 우리가 누군가에게 실질적인 도움을 줄 수 있는 능력을 갖출 수 있도록 우리를 이끌어준다. 결국 우리는 어떤 특정한 목적이나 판단력 없이도 사랑하는 것을 배울 수 있다.

이렇게 이기적이지 않은 사랑의 감정은 마음이 열리도록 자극하며, 자비심이 자연스럽게 일어나도록 한다. 그 다음에 우리는 주변의 모든 것들에 대한 사랑과 자비심을 베풀 수 있게된다.

학　생 : 우리가 어떻게 자기중심적인 생각을 버리고, 남에 대한 사랑과 자비심을 갖출 수 있습니까?

린포체 : 마음이 열리는 것은 결국 '자비심'을 의미하는 것이다. 그대가 마음을 더욱 열게 되면, 그대는 친구들, 가족들, 그 어떤 누구와도 의사소통이 가능할 것이다.
그대의 느낌을 피하려 하거나 억누르려고 하기보다, 가능한 많이 그대의 마음과 느낌, 그대의 전체적인 성품을 열어라. 더욱 깊은 느낌의 단계에서 마음을 열어라. 그대는 마음이 고요해지며 안정됨에 따라 명상을 이끌어 나갈 것이다.

더욱 고요해지고, 아주 부드럽게 그리고 천천히 호흡하라. 그리고 자각의 상태에서 그대의 마음을 유지하라. 이러한 방법으로 안정감이 정착되며, 내면적인 감정들을 치유할 것이다. 그런 다음에는 내면적인 온화함이 올 것이다.
내면적인 온화함과 안정감으로 우리의 마음은 더욱 열리게 될 것이며, 더 많은 소통을 하게 될 것이다. 내면의 온화함은 지혜로 전환되기 때문에, 그대는 다른 사람들의 상황을 더욱 명확하고 분명하게 볼 수가 있으며, 자신에 대해서도 더욱 잘 알게 될 것이다. 그대의 내면적인 본성은 반드시 열릴 수 있다.

그대의 마음이 진정으로 열리게 되면, 그대는 모든 본
질과 모든 존재와 소통하게 되며, 삼사라의 본질에 대
해서도 알 수가 있다. 마음이 열리고 드러남은 사랑과
자비심의 한 부분이며, 그대의 마음이 더욱 드러남에
따라 이기심과 집착은 사라지게 된다.
그대는 자기중심적인 것에서 벗어남으로서, 각자가 삼
사라의 순환을 겪어 나아가는 것을 이해하게 되며 더
많은 것을 수용하게 됨에 따라 자비심은 더욱 깊어지
고 더욱더 많이 포용하게 된다.

진정한 자비심은 생각을 넘는 것이며, 자신을 뛰어넘
어, 자비심 안에서 나를 포함한 모든 신념으로부터 자
유로운 것이다. 그러므로 진정한 자비심을 깊이 받아들
이는 마음을 발생시키며, 심지어 우리에게 고통과 불행
을 가져온 사람들마저도 용서하게 한다.
우리가 다른 사람들에게 나약함과 자기본위로 인해 예
민해지면, 그 해로움은 단순히 무지에 의해 나온 것이
라는 것을 깨닫게 된다.

학　생 : 제2차 세계대전 때 고통 당하고 죽은 사람들에 대해
　　　　생각하면, 저는 당신이 용서에 관해서 말씀하신 것을
　　　　이해하기 어렵습니다.

린포체 : 그것은 참혹한 행위를 저지른 사람들에 대한 동정심을
실질적으로 발전시켜 치유하는 것이다. 그런 사람들의
행동은 자신에 대한 진정한 인식이 없다는 것과 자신
의 마음을 제어할 수 없다는 것을 스스로 보여주는 것
이다.
그들의 폭력적인 감정은 너무도 강력한 것이어서 그들
은 그들이 한 짓을 알지 못한다. 그들은 실제로 미친
것이다. 이것을 이해하는 것으로서, 우리는 자비심을
갖는 것이 어떤 것인지 알 수 있다.

학 생 : 제가 누군가를 너무 많이 사랑하면, 그 사람 때문에 저
는 너무 쉽게 질투심을 갖게 됩니다. 그건 왜 그렇습니
까?

린포체 : 질투는 두려움을 갖거나 무언가 불확실할 때, 또는 내
면의 어떤 나약한 감정이 있을 때는 언제나 일어나는
것이다. 그리고 자신을 온전히 신뢰하지 않을 때는, 사
람들이 자신을 이용한다고 느낄지도 모른다. 그러나 그
대가 자신의 내면적인 힘을 믿고 있다면, 그대가 잃을
것은 아무 것도 없다. 그러면 상대의 요구를 이해하게
되며 질투심 없이 사랑하는 방법을 알 수가 있다.

학 생 : 불교는 악(惡)에 대해서 다른 종교들과 다른 입장을 나
타내는 것으로 보입니다.

린포체 : 악한 행동은 어리석은 일이다. 그러나 인간의 부정성
(否定性)을 다루지 않고, 인식, 명상, 자비심을 발전시
키는 것은 적합하지 않다.
문제점과 부정적인 요소없이 우리가 깨달음을 얻을
수는 없다. 즉, 우리가 긍정적인 상황과 부정적인 상황
모두를 다루는 것은 운이 좋은 일이다.

우리가 문제들을 극복하는 것이 쉽지 않다고 해도, 그
것은 우리를 시험하는 기회가 된다. 우리를 해롭게 하
는 것들에 대해서 분노하기보다는, 우리의 인내심을 발
전시키는 기회라고 생각한다면 더욱 고맙게 여기게 된
다. 주변의 상황을 인내심을 갖고 바라보면 우리의 마
음은 더욱 많이 열릴 것이다.

학 생 : 어떻게 하면 자비심을 더욱 발전시킬 수 있습니까?

린포체 : 다른 사람들과 즐겁게 일하고 그대가 할 수 있는 만큼
마음 속의 에너지를 열어 자연스럽고 활력 넘치는 생
활을 하라. 다른 것들을 받아들이는 것을 배우고, 자신
의 가장 큰 결점까지도 수용하라.

최고의 긍정적인 느낌은 사랑이지만, 사랑도 주체와 대상에 속박된다. 그러므로 우리가 다른 사람들이 느끼는 것을 우리도 밀접하게 느끼도록 노력하면 그들과 더욱 밀접하게 될 것이며, 우리의 친구들, 사랑하는 사람들, 자녀들 또는 신이나 붓다와도 그렇게 될 것이다.

오직 자비심만이 한정된 관계들로부터 자유롭다. 자비로운 마음이 존재하므로써 사랑으로서 모든 것을 받아들인다. 그러한 마음을 완전하게 깨달은 존재는 더 이상 자신과 다른 것들을 분리하지 않는다. 이러한 자비심은 모든 상황을 평화롭게 하며 유익한 자연발생적인 반응이다.

학 생 : 자비심으로 다른 사람을 돕는 것은 중요하게 보입니다. 그러나 종종 내가 뭘 하는지 알 수가 없습니다. 이럴 때마다 대부분의 경우 무지하고 도움이 안 된다고 느껴집니다. 그것에 대해 말씀해 주실 수 있습니까?

린포체 : 자비심을 바라보는 최고의 방법은 돕는 것은 중요합니다. 우리가 어떤 상황에 대해 무엇도 할 수 없을 때에는 그대가 그것을 도울 수 있도록 진정으로 소망하는 것 뿐이다.
비록 생각을 하는 것뿐이지만 거기에는 선한 생각들이

갖는 매우 중요한 가치가 있다. 또한 그대가 도울 수 없는 이유가 자신의 지혜가 부족하다는 것과 이러한 것들이 영적인 힘에서도 마찬가지라는 것을 깨달을 수 있다. 그러나 그 소망은 그대에게 용기를 북돋아 줄 것이며 인내심을 갖는 데 힘을 더해 줄 것이다. 그대의 실천적인 행동이 발전함에 따라, 그대가 다른 사람들을 돕는 힘 또한 강해질 것이다.

오직 언어로만 주장할 것이 아니다. 그대의 마음의 근원에서부터 오는 깊은 느낌을 자각할수록 더욱 강해질 될 것이며, 마음이 자발적으로 일어나면서 그 마음은 열리게 된다.
이제, 그대는 영향력 있는 행동을 할 수 있게 되며, 그것은 동정심이 일어나기 시작한 것이다. 그대는 다른 사람들의 문제를 꿰뚫어볼 수 있으며, 그들의 고통과 슬픔, 괴로움을 함께 느낀다. 남을 돕기를 원하는 것은 그대의 마음이 더욱 열리고 더욱 깊어지며 강해지는 것이다.

학 생 : 저는 종종 "나는 어떤 것도 할 수 없어"라고 말합니다. 이것은 매우 자기본위적으로 여겨집니다.

린포체 : 그대가 진정으로 남을 돕기를 원하는 것이 아니라, 단

지 그대가 해야할 것은 아무 것도 없다고 단순하게 생
각하기 때문이다.

학 생 : 사회의 변화를 시도하기 위해 명상을 통해 사회적인
활동에 종사하는 친구들이 많습니다. 저 역시 많은 것
들이 잘못되었다는 것을 알지만, 다른 누군가에게 명
상이 사회를 도울 것이라는 것을 설명하기는 매우 어
렵습니다.
제가 만일, 명상에 대한 비평의 말들을 많이 듣게 되
면, 명상이 옳다는 것은 알지만 그런 일들을 어떻게
설명해야 할지 모르겠습니다.

린포체 : 다른 사람들을 돕기 위해서는, 그대는 지혜와 힘 모두
를 지녀야만 하며, 그것은 자비로운 마음을 의미하는
것이다. 그 두 가지 중에 한 가지만 부족해도 성공하기
어렵다. 그대가 선한 의지를 가지고 있다고 할지라도
힘이 부족하다면, 영향력도 부족할 것이다. 그러므로
그대의 인식과 힘, 그리고 행동의 능력을 발전시키는
것은 매우 중요한 일이다.

그대는 처음에 벌어질 상황에 대해서 섬세해지는 것이
필요하다. 그 다음에 그대는 적절한 방법으로 상황들을
대처해 나갈 수 있을 것이다. 마음의 준비가 없다면 좋

은 생각들을 가져오기는 어려울 것이다.

학　생 : 지혜와 명상은 저에게 매우 비슷한 느낌을 줍니다. 구
체적으로 무슨 관련이 있습니까?

린포체 : 그렇다. 지혜와 명상은 매우 유사하다.
명상은 자각이며 우리가 자각하는 것은 발전하는 것이
다. 그러면 그것은 지혜가 된다. 우리가 다른 사람들의
고통을 이해하면, 소망하는 것이 발전할 수 있으며, 그
소망하는 바가 이루어지면, 우리의 마음은 열리게 된
다. 지혜는 우리의 소망을 가능케 하며, 다른 사람의
고통을 완화시키는 능력을 갖게 한다.

깨달음의 씨앗

깨달음은 모든 존재의 본성이며, 모든 시대를 통틀어 우리를
유익한 쪽으로 거듭나게 한다. 그러나 자신에 대한 고정관념은
깨달음으로부터 우리를 분리시키며, 대부분은 그것이 현실세계에
서는 일반적으로 경험하는 것 보다 구체적으로 어떤 것이라는
확신을 갖게 하지 못한다.

우리가 이러한 의심을 가지고 있을 때, 우리는 자기영역의 한
계를 넘어서려는 시도조차 하지 못할 것이다. 그러나 우리가 영
적인 믿음을 가지고 어떤 진리가 있다는 것을 알게되면, 우리는
우리의 한계를 넘어, 점점 더 높은 인식의 상태로 우리를 이끌게

230

된다. 우리는 점차적으로 자신의 본성을 자각하게 될 것이며, 결국 우리와 깨달음의 경험 사이에는 아무 것도 존재하지 않는다는 것을 깨닫게 될 것이다.

'깨달음의 길'에 대한 가르침은 붓다에게로로 다시 이르게 하는 깨지지 않은 계보 안에서 스승으로부터 제자에게로 전해 내려왔다. 붓다가 가르쳤었던 것들을 다시 다른 사람들에게 가르치며, 순환한다. 이것은 깨달음의 길로 유지되는 살아있는 전통이다. 가르침을 얻은 사람들은 스스로 붓다의 가르침을 자각하게 되므로, 그들은 가르침에 대한 내용과 그것의 참된 의미뿐만 아니라 깨달음에 대한 실질적인 경험을 전달한다.

영적인 내면의 길을 이끄는 전통의 스승들은 깨날음에 관한 계보를 언어나 개념들 없이, 심지어 상징적인 표현이나 몸짓을 사용하지 않고도 직접 전달한다. 그러나 그렇게 전달된 메시지를 받아들이기란 쉽지 않다. 왜냐하면 우리의 개념적인 마음과 에고가 우리의 모든 경험을 판단하고 해석하면서 더욱 강한 반응을 보이기 때문이다.

일반적으로, 우리가 가르침이라고 하면, 배움이란 단어를 통하여 개념적인 의미를 이해한다. 그러나 진정한 가르침에 있어서, 각각의 언어는 깨달음으로 가는 직접적인 출입구가 되기 때문에, 우리는 직접적인 경험에 의한 내면적인 의미를 이해해야만 한다.

우리의 가슴과 마음이 이러한 깊은 의미에 대해 열리면, 스승은 우리가 이해하고 있는 개념적인 마음의 상태에 대한 한계를 넘도록 도와줄 것이다.

이지적인 것과 경험적인 것, 양쪽 모두에 대한 이해력이 성장하고 그 모두가 깊어지게 되면, 가르침의 내용과 과정들의 모든 단계는 최대한 주의하여 전해져야만 한다. 또한 깨달음에 대한 직접적인 길은 희미하며 분명하지 않게 보일 것이다.

우리가 성장 할 때, 배우려는 의지는 더욱 많은 것을 느끼게 할 것이며, 우리는 또한 더욱더 많은 것을 알게 될 것이다. 그러나 스승을 믿지 않고 계속해서 옮겨 다니는 것은, 우리의 이해심을 깊이 있게 하지 못한다. 그러므로 우리는 깨달음의 인도자를 신중하게 선택해야만 하며, 그런 다음 우리의 이해심이 깊어지고 명확해지도록 그를 따라야 한다.

그러면 이러한 깨달음으로 우리의 스승은 어떻게 우리를 인도할 수 있을지 확신할 수 있겠는가?

우리의 이성과 직관이 지시하는 대로, 자연스럽게 우리의 소망을 질적으로 완성시킬 스승에게로 이끌린다. 스승은 가르침의 내적인 의미로 살아 있으며, 우리는 우리의 내면적인 본성으로 그를 확인한다. 스승의 각성된 자비심을 통해서, 우리 자신의 자비심, 완전성, 내적인 신념을 발전시킨다.

스승이 자비로운 마음으로 열려있을 때, 그 길은 자연스럽게 펼쳐질 것이다. 그리고 우리의 삶은 고정된 것이 아니라 오히려 흐르는 성질을 갖는다. 우리가 점점 더 내면적인 본질을 깨닫게 되면 자신에 대해 더욱 깊이 이해하게되고 내면의 힘을 구축할 것이다.

그러나 이러한 가르침이 언제나 우리, 또는 에고에게 기쁨을 주는 것은 아니다. 스승은 넓은 자비로운 마음을 통하여, 의식의 자각에 대한 우리의 내면의 본성을 드러내게 하며, 또한 스스로 수용하지 않으려는 우리의 성질을 밖으로 내보낸다.

우리가 깨달음을 방해하는 부정성을 알고 있다면, 이러한 것들을 제거할 수 있다. 우리의 에고는 우리를 방해하는 것들을 포기하도록 내버려두지 않을 것이다. 그리고 우리의 에고는 내년적인 본질이 손상되는 위협을 느낄 때, 스승과 그 가르침에 대해 의심을 할 수도 있을 정도로 강해진다.

심지어 에고는 우리에게 만일 우리가 확실한 가르침을 바라지 않아도 우리에게 틀림없이 잘못된 것이 분명하다는 믿음을 갖게 할지도 모른다. 그리고 이럴 때 우리는 에고를 대신해서 스승이 마음을 억지로 열게 한다고 느낄지도 모른다.

그러나 스승과 함께 마음을 여는 것은 우리 스스로를 믿음으로 열리게 하는 것이다. 이것을 골라내고, 선택하는 것, 그리고 받아들이고 거절하는 것에 의해, 우리는 자신을 발전시키고 강하게 하는 것이며 단지 우리의 한계로 인해 깨달음을 얻는 과정

중에 차단된다. 이러한 것은 우리를 혼란스럽게 할 뿐만 아니라, 깊은 죄의식과 실패는 우리가 진보할 수 있는 길을 극단적으로 어렵게 만든다.

그러므로, 스승 안에서 그리고 그가 표현한 것 안에서의 확신은 처음부터 필요한 것이다. 계속되는 전통은, 깨달음의 길을 가는 데에 있어서 스승과 제자, 상호간의 신뢰와 드러냄, 정직성, 그리고 완전성을 기초로 하는 것이 반드시 필요하다. 상호간의 의사소통은 이러한 기초를 바탕으로 전통체계의 미래를 보장하고 번영할 수 있도록 그 구조를 체계화시킨다.

직접적인 경험으로 이끄는 가르침은 우리의 성장의 장(場)을 위한 시금석(試金石)이다. 마침내, 우리는 그러한 가르침들과 깨달음이 녹아든 자신의 경험을 발견할 것이며, 삼사라의 본성을 초월하게 될 것이다. 우리는 모든 본질과 모든 존재가 이미 빛나고 있다는 것을 안다.

우리가 깨닫게 되었을 때, 우리는 전통적인 붓다의 가르침에 영속되며 나의 지식과 붓다의 지혜를 공유하는 것이다. 이것은 깨달음 안에 존재하는 것이며 진정한 이해심을 통해 세상과 융합되는 것이다.

234

　이러한 경험으로, 어떤 의문이나 의심은 사라지게 되며, 우리
는 붓다의 영속되는 전통체계를 이해하게 된다. 깨달음에 대한
전통적인 계보는 우리 안에 살아있으며, 우리는 모든 존재의 고
유적인 깨달음의 본성으로 열려있다.

【용어해설】

▶ 람 림(lam rim) - 삶의 과정

▶ 파드마삼바바(Padmasambaba) - 티벳의 가장 위대한 영적인 스승

▶ 닝마(Nyingma)파 - 티벳의 4대 문파중 하나.
닝마(Nyingma), 겔룩(Geluk), 가큐(Gakyu), 사캬(Sakya)파 중에서 가
장 세력이 크고 서구에 많이 알려진 파

▶ 히나야나(Hinayana) - 근본불교(根本佛敎), 소승불교(小乘佛敎)

▶마하야나(Mahayana) - 대승불교(大乘佛敎)

▶바즈라야나(Vajrayana) - 대승불교이면서 탄트라(Tantra)불교이며 티
벳불교, 즉 밀교(密敎)라고도 불린다

▶삼사라(Samsara) - 윤회(輪回). 삶과 죽음의 반복

▶니르바나(Nirvana) - 삼사라를 벗어난 자유, 해탈

▶카르마(Karma) - 행위

▶보디 사트바(Bodhisattva) - 보살(菩薩). 세상을 자비로 이끄는 이

▶린포체(Rinpoche) - 환생자(還生者). 전생의 기억을 가지고 태어나는 자

▶칼파(Kalpa)-겁(劫). 어떠한 시간의 단위로도 계산할 수 없는 무한히
긴 시간. 인간의 시간으로는 수십만 년으로 계산됨

▶쵸드(Chod)수행법 - 두려움을 떨치기 위한 묘지에서 수행하는 방법

▶다마루(Damaru) - 사람의 뼈로 만든 종과 나팔

▶ 만트라(Mantra) - 성스러운 소리, 진언(眞言)

▶ 난다(Nanda) - 아난다(Ananda). 부처님의 사촌이며 부처님의 십대 제
  자 중에 모든 경전을 남긴 제자

▶ 칼리 유가(Kali Yuga) - 물질적인 시대

▶ 판디트(Pandit) - 학자이면서 수행자

▶ 나가르주나(Nagarjuna) - 용수(龍樹). 서기 150~250년 사이에 유명한
  학자이면서 수행자였던 이였으며 부처님으로부터 16조의 대를 이은
  분이며 중관학파(中觀學派)의 수장

▶ 라마(Lama)-티벳의 수도승

▶ 붓다(Buddha)-부처님, 불(佛), 깨달은 이. 불교의 세 가지 보물은 붓
  다(佛), 다르마(法), 상하(僧)를 말한다

▶ 다르마(Dharma)-진리, 법(法)

▶ 상하(Sangha)-영적인 회합, 승(僧)

▶ 붓다다르마(Buddhadarma)-부처님의 진리, 깨달음의 진리

▶ 사드하나(Sadhana)-수행의 과정

▶ 만다라(Mandala)-진리를 우주적인 도형으로 표현함

▶ 에고(ego)-개인적인 자아

▶ 구루(Guru)-산스크리트어로 영적인 스승

마음을 열어주는 명상록

지은이/타르탕 툴구 린포체
옮긴이/박지명
펴낸이/배기순
펴낸곳/하남출판사

초판1쇄발행/2003년 4월 15일

등록번호/제10-0221호

서울시 종로구 관훈동 198-16 남도BD 302호
전화 (02)720-3211(代) / 팩스(02)720-0312
홈페이지 http://www.hnp.co.kr
e-mail : hanamp@chollian.net

ⓒ 하남출판사, 2003

ISBN 89-7534-308-1   03840

하남출판사는 여러분과 함께 좋은 책 만들기만을 고집합니다
여러분들이 보내주시는 정성 어린 한 장의 엽서는
좋은 책의 기획에서부터 출간까지 소중한 자료로 쓰여집니다

우 편 엽 서

우편요금
수취인 후납 부담

발송 유효기간
2002. 6. 15~2004. 6. 14

광화문 우체국
제2141호

보내는 사람

이름 :

주소 :

□□□-□□□

받는 사람

하남출판사

서울시 종로구 관훈동 198-16(남도빌딩 302호)

1 1 0 - 3 0 0

하남출판사
전화 : (02)720-3211
팩스 : (02)720-0312
홈페이지 : www.hnp.co.kr / E-메일 : hanam@hnp.co.kr

• 성명 :　　　　• 나이 :　　　　• 성별 :　　　　• 직업 :

• 전화 :　　　　　　　　　　• E-mail :

구입한 책 이름 ______________________________

구입동기 ① 서점에서 눈에 띄어서(지역 · 서점명:　　　　　　　　)
② 주위의 권유로(　　　　　　　　　　로부터)
③ 신간안내나 광고를 보고(매체명:　　　　　　　)
④ 기타(　　　　　　　　　　)

책에 대한 평가(내용 · 제목 · 편집체제 · 표지 등) **및 고쳐졌으면 하는 점**

하남출판사에서 앞으로 출간을 했으면 하는 책

하남출판사에게 하시고 싶은 말씀

● 하남출판사에서는 여러분들의 원고를 기다리고 있습니다. 어떠한 장르의 원고라도 소중하게 검토하겠습니다 ●